川柳しよう

――川柳入門実体験記――

太田垣正義 著

開文社出版

まえがき

本書は川柳入門体験記です。川柳本として、経験豊かなベテランや大家による入門書や句集は数多くありますが、このように初歩から始めた体験を紹介した本は目にしたことがありません。

本書では、私が実際に川柳をやろうと思い、川柳の勉強をし、作句を始めた六ヶ月を描写しています。

生涯学習として川柳を始めようかと考えている人を想定して書きました。ですから、私の成功作（ほとんどありませんが）ばかりでなく、正直に失敗作も記録しています（私は露出症の気味があります）。

私の期待は、私のように川柳を始めようと思って一歩足を踏み出す人が増加することです。川柳は、俳句や短歌の一段下にあるのではなく、同じように日本を代表する短詩の文芸であり、作者の心を写す作品であることを多くの人に分かって欲しいと願っています（偉そうに！）。

まだまだ私は初心者ですから、文中誤りや不十分な点があることを恐れつつも、初心者が書いたものだからこそ身近な親近感で読んでいただけることもあろうかと希望しています。

私の通った道が理想的であるとはけっして思っていませんが、私の川柳入門体験記に目を通していただいたことに深く感謝致します。

目次

川柳しよう

平成十三年が暮れようとしていたある日、突然「川柳を始めよう」と決意しました。退職後の生き甲斐として、是非川柳作りをやりたいと思いました。私は数年後に退職することになりますが、その時何もすることがないぬれ落ち葉になるのは厭でした。

しかし、実際に退職してから始めても、モノにならないかもしれないという心配があります。その時になってみると、生活習慣の切り換えに失敗してボーとしているかもしれません。あるいは、職がなくなったショックで何もやる気がなくなっているかもしれません。そこで、今のうちに助走をしておき、それ迄にある程度の水準に達しておくことが大切である、と考えるようになっていました。

何かの本か記事で、多くのアメリカ人は、在職中に退職後のことを考えて準備や助走をする、と紹介されていたのが頭にあったと思います。突然決意したのは、その朝読んでいた地方新聞の文化欄に『川柳阿波』（徳島県川柳作家連盟）の発行を知らせる記事を見つけたからです。『川柳阿波』の編集責任者の住所氏名も掲載されていました。それまで、書店の郷土出版物コーナーなどに川柳の句集があるかと気をつけてはいたのですが、見つけられずにいました。

善（かどうか分かりませんが）は急げというわけで、早速葉書を出しました。自己紹介、川柳には本当の初心者であること、でも句会に入会したいので、もし許可されるなら入会申込書のようなものを送ってほしいこと等を書きました。生来私には少し無鉄砲なところがあります。

すると、平成十四年一月一日午後I氏より電話がありました（元日という記念すべき日ですね）。県下に幾つか句会があるが、「かもめ句会」（毎月第三土曜に句会開催）が最大なので、それに参加してはどうか、また、カルチャーセンターの川柳講座（金曜日の午後に開講）に参加することも可能である、というお話でした。後で知ったところではI氏は徳島県川柳作家連盟会長という方でした。そうとは知らず、電話では、入会させて貰うが、一月と二月の第三土曜は所用のため参加できないので、三月から参加する、という風に随分失礼な返事をしてしまいました。それでも、あくまで親切なI氏は、その後少し前に出版された『川柳阿波』を送ってくださり、三月の句会の宿題（その席に持って行く句の課題）を知らせて下さいました。

こうして、私は平成十四年の元旦をもって川柳を始めることになりました。本当に白紙の状態の初心者からの出発です。もし、これから川柳でも始めてみようかと思っている読者は、スタートラインに立っているわけで、その時の私と同じです。そういう人のために、地方の町で突然川柳を始めた自分の体験を紹介し、川柳の魅力をお伝えし、川柳人口を増加させることが本書の目的です。大家の指導書とは違った親近感をもって読んでいただけるのではないかと考えています。

生涯学習の時代ですので、これは川柳を後半生の生き甲斐にしたいと思っている人のための案内書です。

川柳を始めた理由

なぜ川柳なのでしょう。先に書いたように、私の場合それを余生の趣味にしたかったからです。読書や映画鑑賞は趣味とは言えないと思っているので、そうですねえ、仕事以外で自分がしていることと言えば、囲碁と園芸それに下手なテニスくらいでしょうか。でも、それだけでは満足できなくて、少し本格的に何かをやりたいと考えました。

誰でもそうかもしれませんが、私はとりわけ面白いこと楽しいことが好きです。面白いことを言う人や面白いことをする人、ひとを笑わす人が大好きで、自分もそうしたいと思っています。ジョークやシャレやオチが大好きです。小ばなしを読んでゲタゲタ笑うのが好きです。落語を見たり聞いたりするのも好きです。

西洋文化ではユーモアには高い評価が与えられると理解しています。特に困難な事態に陥った場合や堅苦しい場面などで、人々の心を和ませ雰囲気を和らげる上品なジョークの一つも言える人は尊敬されます。

ここでよく知られたジョークを二つ。

アメリカ人のダンサー（イサドラ・ダンカン）からの求愛の言葉「私の肉体とあなたの頭脳を持つ子どもはどんなに素敵でしょう」に対して、イギリス人の大作家ジョージ・バーナード・ショーは次のように答えました。

「私の肉体とあなたのオツムを持った子どもは何と不幸なことでしょう」

フランス人の大作家バルザックの家に泥棒が入りました。泥棒は見つかり、バルザックに笑われてしまいます。なぜ笑うのかと尋ねる泥棒に、彼は次のように答えました。

「昼間私にだって見つからないお金を、夜だというのに危険をかえりみず君が見つけようとしていると思うと、おかしくって」

ところが、日本では公的には笑いは高い評価を受けていない感じで、ジョークを言うと、ふざけているととられがちです。新聞にも、俳句や短歌は大きく扱われていますが、川柳の扱いは小さいものです。日本でもユーモアの評価がもっと高くなるといいなと思います。

手軽に面白いことを本格的に追求しようと思うと、川柳にぶち当たりました（川柳はけっして手軽でないことは後で知ることになりますが）。

人生が残り少なくなってくると、自分の見方や考え方を記録しておきたい気分になりますが、毎日まめに日記を書くよりも、その時その時感じたことを作品として句を残しておければ最高ではないかと考えました。文芸作品を残すなんて、かっこいいじゃあないですか。作品ですよ作品。それが子や孫にまで伝わることを夢に見ることもできます。

まずやったこと

平成十四年三月のかもめ句会に参加することになって、さあ大変。初心者とはいうものの、四つの題につき各三句、計十二句を用意して行く必要があるのです（I氏は五句でも六句でもよいから、と言ってくださったのですが）。長い間ジョークやシャレが好きだったくせに、与えられたテーマで何も言えないというのでは、自分が自分を許せないという気持でした。

そこで、勤務の関係でカルチャーセンターの講座には出席できませんので、やったのは川柳の本の乱読と通信教育による基礎作りでした。本については、多少無理して時間をやりくりし十冊程は読んだと思います。すでに所有していたもの二冊、新たに購入したもの二冊、市や町の図書館から借り出してきたもの六〜七冊といったところでしょうか。

多くの著書で共通して説明されている点は重要とみなし、肝に銘じるようにしました。ここでは、してはならない三悪を紹介しておきましょう。

(1) ダジャレ、ゴロ合わせ、かけ言葉
(2) 説明、報告、標語
(3) 独善、勝手な造語

(1)の点について、神田忙人『川柳の作り方味わいかた』(社会保険出版社)は次のようにたしなめています。

「…川柳は風刺でなければならず、こっけいでなければならないというものです。このために、無理に皮肉な句を作ったり、読んだ人を笑わせようとして小細工の句をよんだりする弊害がおきています。…もう一つの誤解は、好色な句こそ川柳の真髄である、という考え方です。駄ジャレ、地口、ゴロ合せなどの句を川柳と考えているることです。これらは狂句というもので、まっとうな川柳ということはできません。これらは文字遊びとでもいうものです。」

そして、次のような句が例として挙げられています。

まずやったこと

公約は膏薬よりもきき目なし

求刑に目を白黒の目白台

ビタミンがEときいて買って飲み

三塁の原の守備にハラハラし

全国区無所属候補は全国苦

また値上げするなら石油はもうイラン

農政を変えろ変えろとカエルなく

スピーチがつぎつぎ続く疲労宴

同様の趣旨で、三浦三朗『川柳入門』(家の光協会)は次の三句とその解説を示しています。

「死の用心赤ん坊泣かすなテレビ消せ

騒音公害がもっとも問題になるところ。この句は、その騒音から殺人事件が発生した社会記事をとらえたもの。本多作衛門が戦場から妻に出した有名な文句「一筆啓上、火の用心、おせん泣かすな、馬肥やせ」に語呂合わせしたもの。

トンネルを出ると赤字の山だった

上越新幹線の開通をヒントにした時事吟。川端康成の『雪国』の書き出しをもじったもの。

満腹の豚みなトンと知らぬ顔

ふんだんに餌を与えられて肥育されている豚は、間もなく訪れるであろう、おのれの悲運も知らずに食べほうけているという意味の句。豚とトンをひっかけた狂句。」

山本克夫『楽しく始める川柳』（金園社）からは二句を引用します。

「**びっくりをして しゃっくりがすぐとまり**

これは「くり」の繰り返し、「り」で結ぶといった言葉遊びであり、くすぐりのおもしろさだけで、句品もよくありません。内容的には何も言っていません。語呂合わせを珍重したにすぎませんので、これは狂句の世界というべき。

家計簿は赤く秋空青く澄み

「赤」と「青」の対称をねらっただけ・・単なる取り合わせのおもしろ味にすぎない。」

私は今までは、例えば『サラリーマン川柳』に載っている

ミスのミスミセスのミスとなぜ違う

カラオケに乗せられ乗れぬ終電車

サラリーマンきのうひやめし今日煮え湯

ジャンボくじ夢は宅地を駆けめぐり

赤ちょうちん串一本にグチ十本

根回しとたらい回しで目を回し

目についてもらった女房鼻につき

新社員骨はなくてもコネがある

恋女房今は化粧の濃い女房

まだ寝てる帰ってみればもう寝てる

一戸建畑の中に一戸だけ

など大好きで、ダハハと笑って楽しんでいたのですが、これはいけないと知り、少々ショックです。でも今後は、考えを改めて、まっとうな正統的な川柳を作るよう心がけることにします。

第二の点「説明、報告、標語」は特に初心者が犯す失敗のようですので、これも要注意です。川柳を作ったつもりで、説明や報告をしても、読む人は「ああそうですか」で終わります。大切なのは、その後の心の動きということですね。

この点について、野谷竹路『川柳の作り方』（成美堂出版）は、四句を挙げて警告しています。

「…初心者の作品は、課題を説明するだけであったり、課題をヒントにして考えた句材の報告で終わることが多く…

太ってるパパと入れば湯が溢れ

「溢れる」の課題で作られ…当たり前すぎ…。〜すればこうなるという表現は説明的。

年玉へ並んだ顔に笑み溢れ

情景は書けていますが・・・説明になりました。初心者の場合、自分だけが承知している独善な作品も多いのですが、それよりもわかってもらいたいという意識が先走って説明的になってしまう・・・

どの町も溢れるゴミになやまされ

説明型についで多いのが報告型で、事実をそのまま報告している型です。この句の場合上五の「どの町も」があいまいなので観念的な作品になり報告で終わっています。

完備され溢れることのない下水

上五の「完備され」は説明的でしたが、中七、下五で報告になっています。」

同様の趣旨で、尾藤三柳『川柳作句教室』(雄山閣出版)は五句をとりあげ解説しています。

「**新入りの相撲の夢は勝名乗り**

たしかにそうであろうが、これではアタリマエすぎる。

江戸育ち表より裏に金をかけ

これだけでは、江戸っ子の伊達を説明しただけ。この場合は、「表より」はいらないし、「金をかけ」はロコツすぎる。

進学狂乱黒い金で合格買い

「黒い金」のヒユ（これも日常的）だけで、あとは「進学狂乱」を説明しただけ。進学に動く金は合格目的に動くに決まっているのだから、下五はそっくり不要。

仲人の嘘の一つも結ぶこつ

仲人術の〝コツ〟を説明しただけ。結びの神としての弁舌、よくいわれる〝仲人口〟を定義するだけでなく、そのウソから展開される風景をとらえれば、句もはたらきをもつ。

スケートは転がり転がりうまくなる

リクツがかった解説調で、常識的一般論を述べたにすぎない。」

第三の点「独善、勝手な造語」も初心者がよくやる失敗です。五七五にまとめなければならないという制約からくるものですが、自分が言いたい内容を、読み手が理解できない表現で勝手に作句してしまいます。多分、後で出てくる私の句(17)や(24)はこの例だと思われます。

この点についても、入門書から二つを紹介しましょう。まず、尾藤三柳『川柳作句教室』からです。

「七転び八起きで川柳習ってる

実際にはその通りであっても、「川柳」が個人的に偏して、一般的な関心と重なり合う普遍性に乏しい。この場合、「川柳」を「川柳→短詩→詩→文芸→趣味」と捨象するに伴い普遍性をもつことになる。それが「川柳」であることは、自分だけが承知していればいいことだ。

江戸川のさくら金町公園に

江戸川堤の桜が「金町公園」になったという地域ニュースで、東京・葛飾区の住民である作者および周辺の住民の関心事には違いないが、普遍性はない。地域の扱いには注意が必要。」

次に、山本克夫『楽しく始める川柳』より、勝手な造語の戒め部分を引用しましょう。

「音数の制約がある川柳では、短い句語を使うのが便利であり、的確な表現で句が締ります。ただし、勝手に造語や省略語を作ってはなりません。

多子の母感謝を受けて下駄の山

「多子」は無理な表現。「小子化」や「子だくさん」はあっても「多子」は認められない。

長電の娘へ父さん目が叱り

上の句の「長電」は「ながでん」と読ませたいのでしょう。しかし、通話が長い、いわゆる長電話なのか、長距離電話なのか分からないので、いずれにしても「長電」は通用しません。

高幡の駅で下りれば善男女

この句の「善男女」は「善男善女」の熟語を崩した造語と思いますが、やはり通用しません。分からないわけではありませんが、熟語を勝手に簡略してみても　意味はないのです。」

そのほか、独善と言っていいのに前衛的な句があると思います。作った人には意味が分かっているのでしょうが、読む者には意味不明で、何だかイライラした気持だけが残ります。私は、その意味がよく分かって感動を呼ぶ句が秀句だと思います。

このような学習を進めながら、感動した句や面白い句や表現が巧みな句などをノートに写しておくようにしました。

川柳通信教育について

平成十四年一月中旬頃新聞の広告で知った川柳通信教育に申し込み、早速開始しました。三月中旬までに何とか基礎を身につけるため、私としては猛勉強して、六ヶ月コースを一ヶ月余りで仕上げました。通信教育は参考資料を見ながら解答できるので、割と簡単です。解答用紙はすべて合格印で戻ってきました。ただし、作句の添削は少々遅れてくるので、その部分は二ヶ月目にかかったと思います。

作句の訓練は、与えられた題にそって行われ、作句したものを送って添削を受ける形式をとります。それまでは、特に川柳などは普通に生活していて、ふとヒラめいて浮かんだ面白い見方や発想を五七五にまとめるものと思っていました。しかし、それでは何も浮かんでこない場合、全然作句できないことになります。ですから、句会などでも予め題が出され、それを詠み込んで作句して行くことが多いようです。ただし、自由吟とか雑詠といって、テーマなしに自由に作句する場合もあります。

課題一は、(イ)日曜日、(ロ)夢のうちのどちらかを題にして五句作るものでした。恥ずかしいのですが、日曜日をテーマにして私が作ったのは次の五句でした。

◇◇◇

(1) 日曜日早起きしては嫌われる

(2) 毎日が日曜日さて何をしよ

(3) 日曜の朝ぜいたくな風呂の泡

(4) 雨もりへ日曜大工のぞくだけ

(5) 日曜日子にサービスの肩のこり

◇　◇　◇

(1)の句は、中年以降のサラリーマンの習性を詠んだものです。せっかくの日曜日ですから、ゆっくり朝寝すればよいものを、むしろ普段よりも早い時間に目が覚めてしまいます。そして、布団の中にいられずに一人でゴソゴソ起き出して、新聞を読んだり私用を足したりして物音をたて、妻や子に迷惑がられます。そのおかしさを句にしたつもりです。

(2)は、間もなくくる定年後の毎日を想定した作句です。今は日曜日が楽しみで、日曜日にしたいことや予定が詰まっていますが、退職して毎日が日曜日状態になると、することがなくなるのではないかと心配です。

(3)は、最近たまに日曜日に朝風呂に入ることがあり、そのぜいたくな気分を句にしました。でも、風呂から出ても呑まないようにしています。私にはつぶすほど身上がありませんので。

(4)は、家の管理を引き受けてくれている妻へのお詫びの句です。私は園芸や果物作りには関心があるものの、大工仕事はほとんどやらなくて、屋根や壁の管理は妻に任せっきりです。「俺は外の仕事、君は内の仕事」というワークシェアリングを主張しており、家の管理は「内の仕事」に属します。

(5)は、子どもがまだ小さくて、日曜ごとに公園や名所や遊園地に行ってた頃を思い出して作句したものです。あの頃は、むしろ日曜日に疲れていたものです。

評価は(3)、(4)、(5)が二重丸の佳句、(1)、(2)は一重丸のまずまずの句ということでした。最初にしてはデキ過ぎという感じです。なお、(1)の句から(30)の句まで、指導者による添削が示されていましたが、本書では版権にふれることを恐れて、それは紹介しません。

課題二は、形容詞を使っての作句で、(イ)美しい、(ロ)高いのうちどちらかの題で五句作るものでした。私は「美しい」をとって、次の五句を作って送りました。

◇　◇　◇

(6) **睡蓮が画布に浮かんでモネの夢**

(7)三拍子揃え舞い込む阿波女

(8)名勝の景観守る泥の服

(9)かすみ草派手な世界に地味を選る

(10)見渡せば育つ稲田の青のよさ

◇◇◇

(6)の句では、好きなクロード・モネの睡蓮をとりあげました。モネやルノアールやセザンヌといった印象派の画家の絵画の美しさにはうっとりさせられます。モネは日本びいきでもあったようで、そのせいで日本人にはモネファンが多いようです。私は、家の玄関と勤務先の壁にモネの絵を飾っています。

(7)は、阿波踊りが句材です。お盆の徳島は阿波踊りのおはやしで明け暮れます。「夜目遠目笠の下」という美人に見える三拍子を揃え、観客が待つ演舞場に舞い込む阿波女は全員粋な美人に見えます（注：実際に美人です）。私は、若い頃は阿波踊りの良さに気付きませんでしたが、近頃は熱心なファンになり、有名連の追っかけになりそうです。

(8)では、陰の力をとりあげました。名勝の景観はたしかに美しいけれど、泥のついた服を着て、それを支えている人がいることを忘れず感謝すべきであると思います。昨年ある猛暑の日訪れた名園で、作業服で黙々と働く人たちを目撃したのを思い出し、この句を作りました。

(9)は、私の個人的な好みによる句です。かすみ草はよくバラに添えられ、ひき立て役にされます。派手な花の世界にあって、地味な存在に甘んじています。私は、この渋さ、謙虚さが好きで、かすみ草を美しいと思っています。

(10)は、田園風景を句材にしました。初夏の頃稲の苗が育って一面の青に涼風が渡る情景が浮かんできました。農業軽視、食糧の輸入依存という現代の風潮への反対声明のつもりです。

評価は(6)が二重丸の佳句、(7)、(8)、(9)、(10)は一重丸のまずまずの句ということでした。

評価が厳しくなってきました。

課題三は、動詞を使っての作句で、（イ）立つ、（ロ）笑うのうちどちらかの題で五句作るものでした。私は迷わず「笑う」をとって、次の五句を作って送りました。

◇　◇　◇

(11)　ケラケラと笑いバイクのギャルが行く

(12)　先生のジョークここらで笑わねば

(13)　挫折した子に笑われてホッとする

(14)　小ばなしに肩が震える読書室

◇◇◇

(15) 下り坂他人(ひと)が笑って不安がり

(11)の句は、以前に作っていたものです。女子学生らしい女の子が、ちょっと誰かと話したあと、ケラケラと笑ってバイクで去っていったのが印象に残っていました。現代っ子だなあ、明るいなあと思って句に残しておいたわけです。「笑う」の題にピッタリかなと考えていました。

(12)では、先生と生徒の地位関係を句材にしました。あまり面白くないダジャレを連発する教員がいます。それを聞かされる生徒もいい迷惑です。面白くなくても時には面白そうに笑わなければならないからです。そんな場面を句にしてみました。

(13)は、親子関係をテーマにしました。子どもが挫折してしょんぼりしているのを見るのは親も辛いものです。しばらくして、その子が初めて笑った時には、ホっとします。「〜される」というのは、「雨にふられる」とか「妻に死なれる」というように、被害の要素に関係して用いられるものですが、ここでは「笑ってくれる」という、むしろ喜ばしい感じを込めて使用しました。

⒁は小ばなしの笑いを思い出して作った句です。高校生の頃シーンと静まりかえった県立図書館で、勉強に飽きて江戸小ばなしの本を見つけて読み始めました。すると、おかしい話がいっぱいです。他の場所ならガハハと笑いたいところですが、司書の目が気になります。声を出さないで笑っていた姿を「肩の震え」として表現しました。

⒂は、下り坂にさしかかった男の悲哀の句です。登り坂の頃は他人（ひと）が笑おうがクシャミしようがへっちゃらです。しかし、下り坂になると、それが自分のことを笑っているのではないかと不安になってきます。

評価は、⒀が二重丸の佳句、⑾、⑿、⒁、⒂は一重丸のまずまずの句ということでした。⒁、⒂などは自分では結構いけてるなと思っていましたが、甘くありません。

課題四は、（イ）赤、（ロ）白のうちどちらかの題により五句作るものでした。私は「赤」をとって次の五句を作って送りました。

◇◇◇

(16) **赤ちょうちん今夜も同じグチを聞く**

(17) **赤ん坊にじっと見られる社交性**

(18) **当然のように市営は赤字だし**

(19) **万物を朱に染め笑う夕陽かな**

(20) **赤貧は小説でよし中流派**

◇◇◇

(16)の句は、赤ちょうちんの身になって作ったもの（擬人化）です。どうせ酔っぱらったサラリーマンは、上司の悪口やそこにいない同僚の陰口やサラリーの少なさといった同じグチを言っているに相違ありません。毎晩同じグチにつき合わされて、赤ちょうちんは聞き飽きていることでしょう。

(17)では、私自身の体験を句材にしました。赤ちゃんというものはまわりの人をじっと見詰めるものです。バスや列車で赤ちゃんにじっと見詰められたとき、あなたは愛想よくお相手できますか。母親になった経験を持つ女性なら、そんな時抵抗なく赤ちゃんに声をかけてお相手するでしょうが、男はなかなかそうはいきません。紅くなって目をそらしたりします。こういう時に社交性に富んでいて、うまく赤ちゃんのお相手ができる男は、きっと営業成績のいい人でしょう。赤ちゃんが男の社交性を測っているようだとして作句しましたが、表現が飛躍していて少し無理がありました。

(18)では、公共機関の親方日の丸意識を突いたつもりです。病院やバスなど県営や市営のものは、平気で赤字経営をしています。しかも、赤字を出すのが住民へのサービスと思っているふしがあります。出した赤字は税金でカバーしなければならないのですから、結局ツケは住民にくるのです。健全経営に努めてほしいところです。

(19)は、子どもの頃に見た夕焼けを思い出して作った句です。何だか、夕陽は子どもの頃の方が大きくまた朱かったような気がします。夕焼けで、友達の顔も自分の顔も自分のシャツも近くの壁も朱く染まっていたあの頃を思い出し、夕陽が笑っていたような感覚を詠みました。

(20)では、文学と現実の距離感を扱いました。赤貧は文学の中でこそ憧れることができるものの、現実生活では辛くて耐えられないでしょう。結局は平凡な中流意識をもって暮らしているのが大方です。

評価は、(16)、(20)が二重丸の佳句、(17)、(18)、(19)は一重丸のまずまずの句ということでした。添削では、川柳は口語体の文芸なので、切れ字の「や」・「かな」は使用しないということを教えられました（しかし、同時に送った課題六の(26)の句でも同じ誤りをしています）。

課題五は、（イ）スタート、（ロ）インスタントのうちのどちらかの題で五句作るものでした。私は「スタート」をとって次の五句を作りました。

◇　◇　◇

(21)　号砲にちょっと後退一年生

(22)　一瞬が勝負を決める息を詰め

(23)　元旦が意味を持たせる初づくし

(24)　悲喜劇は同じスタート切らぬこと

(25)　スタートで転び粘りの月桂冠

◇　◇　◇

(21)の句は以前に作っていたものです。運動会の五〇メートル競走で、スタートの号砲に幼い一年生の何人かが、一寸バックしてから走り出す姿がかわいらしくて、それを句にしていました。「スタート」という題にぴったりなので、それを提出することにしました。

(22)は、息を詰めてスタートしようとする選手の緊張感を句材にしました。

(23)では、一年のスタートである元旦を句材にしました。元旦は何をしても初がつくという事実がありますが、それは勝手に人間が作ったもので、自然の運行とはかかわりがありません。その辺を詠みたかったのですが、表現が貧しかったと思います（反省！）。

(24)は、人の世の不思議さや不公平を句材にしました。人間は平等といいながら、大金持に生まれる子もいれば、赤貧の中に生まれる子もいます。凄い才能の遺伝子を持って生まれる子もいれば、そうでないのもいます。でも、生まれが幸せだから死ぬ時も幸せとは限りません。その悲喜劇を詠み込みたいと思いましたが、これも表現がイマイチでした。

(25)では、マラソンなどで時折生じるハプニングをとりあげ、これは人生にも通じるぞという含みをもたせて作句しました。(24)の句の続編と言っていいでしょう。

評価は、(22)が二重丸の佳句、(21)、(23)、(24)、(25)は一重丸のまずまずの句ということでした。

課題六は、（イ）きらきら、（ロ）ばたんのうちどちらかの題で五句作るものです。私は

「きらきら」をとり、次の五句を作りました。

◇　◇　◇

(26) 雨上がる光る若葉の生命かな

(27) ひたすらに母を信じる子の瞳

(28) 初夏の海何かやりたい陽の光

(29) ダイヤより輝くために怪しまれ

(30) 人の世の末を見詰める空の星

◇　◇　◇

(26)の句からは、キラキラ光るものを思い浮かべながら作ったものです。(26)の句は、五月頃の若葉、しかもそれが雨上がりの光に照る様子を詠みました。その生命力溢れる姿に毎年感嘆します。表現としては、「かな」を使用したのが失敗でした。

(27)では、幼児がお母さんを見上げる瞳の美しさを句材にしました。何のにごりもない美しい目が、ひたすら母を信じてキラキラ輝いている様子は感動的です。ただし、私としてはこれは当たり前すぎる句で、「ひねり」や「うがち」が無いのでイマイチかなと思っていました。結果は佳句と認定されたので、私の中で基準が揺らいだ瞬間でした。

(28)では、夏の海をとりあげました。眩しい光をはね返す初夏の海を見ていると、「何かやりたい」、「何かできそうだ」という気持になってきませんか。私はそういう気持になることがあるので、それを句にしました。

(29)では、ダイヤの真贋をテーマにしました。ガラス細工や偽のダイヤの方が本物よりも輝くと言われます。そこで、本物なのにキラキラし過ぎるものは怪しまれることもあるだろうなあと予想して、作句しました。そこには人間社会への含みをもたせています。詐欺師やニセ商法で儲けようという者は、本物より本物らしく見せかけるよう努力してくることでしょう。あんまりそれらしいのには注意した方がいいでしょう。また、私のように本当は才能がないのに、最初だけうまくいくというタイプもあります。そういうニセモノや一発屋のことも詠み込んであると考えてください。

(30)では、キラキラ光る星を句材にしました。その光は千年も万年もかかって私たちに届いているのもあるわけで、それに比べると、人間の生涯など一瞬のことかもしれません。逆に、将来のことを考えると、人類が滅んでも空には星が輝いていることでしょう。

評価は、(27)、(29)が二重丸の佳句、(26)、(28)、(30)は一重丸のまずまずの句ということでした。

以上が、原作とその意図及び評価です。三十句のうち、三重丸の「大変すぐれた句」はゼロ、十句が佳句、二十句がまずまずの句でした。実は、その下のランクの△推敲をして欲しい句や、×もう一度まとめなおす句、もあるのではと心配していたのですが、それがなくてホッとしました。流石私です。二重丸と一重丸の差が自分でもう一つ分からないじれったさがあります。この差がきちんと理解でき納得できれば、佳句作りのヒケツを手に入れたことになるのでしょうが、通信教育ではこのあたりで満足すべきかもしれないなと思いました。

相合傘のこと

平成十四年二月のある日パソコンで川柳の情報はないかと思いインターネットで検索してみることにしました。そして、大阪に相合傘というのがあり、投句できることを知りました。落語家の桂三枝師匠、作家の難波利三氏、放送作家の中田昌秀氏と新野新氏、タレントの藤本統紀子氏の五名が選者で、毎月特賞と入選作を発表することになっています。

この選者の顔ぶれから分かるように、相合傘はいわば素人の集まりです。長い間川柳一筋にやっている人たちから見ると、これはダジャレの会に見えるかもしれません。しかし、私は訳の分からない前衛的な川柳や約束事に縛られている川柳より、こうした自由な新しい風が好きです。

二月の課題は「ちぎり」と「ネギ」でした。そこで修業のため、私はそれぞれ1句を作り、パソコンで投句しました。もちろんダメモトの気分です。

◇　◇　◇

(31) 遠い日のちぎりを果たす共白髪

(32) 言うならば鴨ネギずらりパチンコ屋

◇◇◇

選者五名は天地人の三句を選びます。そこで、十五句が入選することになり、二つの題で三十句入選です。しかし、優れた句は複数の選者により選ばれるので、入選するのは二十句前後になります。

さて、二月の募集句の入選発表は三月十五日だったのですが、その日パソコンを開いた時の私の驚きと嬉しさといったら。何と「遠い日」が五百三句中の二十句の入選の中に入っているではありませんか。しかも、難波氏はそれを天としています。急に私は難波ファンになりました。川柳の勉強を始めて一、二ヶ月の自分が競争率二十倍以上の難関を突破して見事入選したことが信じられなくて、ハシャギ過ぎ、まわりの人たちに自慢してまわり、あの節は大変ご迷惑をかけました。でも、私の周囲はみんないい人みたいで、「凄いね」、「ガンバってください」と白い眼で言ってくれました。「言うならば」は没でした。もし、あれが特賞にでもなっていれば（ここで、ナイナイという相の手入り）パチンコ業界と対決しなければならなくなるので、没になってよかった、と自己弁護するずるさ。

実は、三月も相合傘では入選しています。今度は入選よりワンランク上の次点に入っていました。テーマは、「みそ」と「白髪」でした。調子づいた私は三月中に四句を投句しました。

◇◇◇

(33) **子に白髪抜かせた頃はまだ余裕**

(34) **黒髪に茶髪に白髪肌黄色**

(35) **脳みそを洗濯したいボケの花**

(36) ひと花を咲かすつもりがみそをつけ

◇　◇　◇

するとゝ「ひと花」が入選したのです。新野新氏が天に選んでくださいました。いっぺんに新野ファンになりました（私コロコロ変わります）。これで、私は二ヶ月連続入選したことになります。ひょっとしたら自分には川柳の才能があるのではなかろうかと感じ始めたとしても、誰が石もて追うことができましょう。宝くじには当たったことがありませんが、川柳は当たると知って、入選することがこんなにやる気を出させるものかと感心してしまいました。

次いで四月の相合傘の課題は「とっくり」、「インチキ」でした。私は次の四句を送信しました。

◇◇◇

とっくりはおんなじ愚痴に飽きごろ寝

底をつきとっくり振られ逆にされ

インチキがばればれたかと納得し

インチキにだまされ悔いる欲の皮

◇◇◇

結果は、最初の句が入選でした。藤本統紀子氏が人に選んでくださっています。これで三ヶ月連続入選の偉業を達成したことになります。

この頃になると、奈良の前田耕一氏、岡山の光畑勝弘氏、高松の佐々木エエ一氏など入選の常連の名前を覚えるようになりました。パソコン上の柳友気分です。
五月の課題は「行楽」と「ストレス」でした。私が投句したのは次の四句です。

◇◇◇

浮き浮きと発って帰りは足が棒
美術館名画へ背中見て帰る
悪役はストレスにして夜の街
ストレスを楽しめというアホな

◇◇◇

結果は没でした。でも、くじけずこれからも投句するつもりです。

どうして私は佳句の認定や入選にこだわっているのでしょう。それは、作句した結果を単なる自己満足で終わらせたくないと思うからです。自分の力量がまだまったく未熟である以上、作品も未熟のものがほとんどであるに相違ありません。しかし、ひょっとしたら、中にはあるレベルに達しているものがあるかもしれません。まだまだ、駄目な句とあるレベルに達している句との区別を自分でつけることができません。

そこで、その区別を、この道のベテランによる評価や句会での入選発表に頼るしかありません。それは自分の判断より正確であろうと推定できます。

没になった句は保存しておく価値がないと思います。私は書店で「創作」と背表紙に印刷してある立派なノートを買い、それに入選句等を書きためることにしています。

どういう風にして作るか

私が相合傘で入選したことを吹聴して回っていた頃、まわりの人からよく受けた質問に、「どうやって川柳を作るんですか」とか「川柳がスラッと浮かんで口をついて出るんですか」というのがありました。私に天与の才があるのであれば、「はい、神が私に言わせるように、スラスラ浮かんできて自分の作とは思えないくらいです」なんて答えたいところですが、そうはいきません。

作句しようと思う時は、私の場合、資源節約のために使用済みの紙や広告の裏を利用して、紙に書いた題とにらめっこすることから始めます。これを休日とか平日の朝とか晩とかに一回三十~四十分間行います。時には、その題の文字を『広辞苑』で引きヒントを得ようとします。そのテーマに関連して何か面白いことはないか、感動したことはないか、懐かしい体験はないか等と思い巡らせます。そして、五と七の言葉が出てくるのを待ち、それを紙にメモしていきます。

本当に幸運で調子がいい時は、五七五とスラッと出てくることがあります。しかし、五七とか七五は出るんですが、残りがうまく出てこない場合が多くあります。そういう場合は未完のままでメモしておきます。寝ていていいアイディアが浮かび、メモ用紙に走ることもあります。

翌日再びそのメモをとり出し、頭を巡らす作業をします。すると、未完部分が浮かんできたり、別の発想で五七五が出来たりします。このようにして、一つの題につき三～四句ができたら、次の題について考えるようにしています。もちろん、全部が満足いくものでなく、イマイチだなという不満を残しています。したがって、何度か推敲をして改善するようにしています。

総じて私の場合うんうん苦しんでひねり出すことはしません。浮かんでこないなら、それも仕方ないかという楽な気分でやってます（ウソつけ！先日お前はバスの中で苦しそうに指折りしてたぞ！）。

入選率を上げるためには、一題につき三～四句でやめるのでなく、十句ぐらい作り、そのうちのベスト三句を持って句会に行くようにするといいそうです。

句は人なりと言えるようで、その人がどんな人生を歩んできたか、どういう本を読んできたか、どういう考えをするかが句にでると思われます。したがって、豊かな生き方（経済的なことでなく）をしてきた人がいい句を作れるわけで、生き方が問われているかもしれません。

私は自分の過去には自信がないので（と謙虚ぶっておき）、これからは世の中を見る視点を工夫して、「うがち」を利用した作句をしようかなと思っています（が思いどおりにいかないのが世の常）。ともかく、川柳をやることで残りの人生に味がつけばと願っています。

初めての句会

平成十四年三月十六日が私の句会へのデビューでした。何事も初めてというものは緊張するもので、五十八歳の男でも、初めて小学校に行くような気分になります。ドキドキという不安が七割、ワクワクという期待が三割といったところでしょうか。三割も期待しているあたり、私も相当図々しい奴かもしれません。宿題の四題につき各三句、計十二句をノートに記して会場に乗り込みました。

午後十二時四十分頃会場に到着し、案内板を見て二階の部屋へ行くと、既にI氏が受付けの席で待っておられたので、名を名のり、これまでのお礼を簡単に述べ、会費五百円を払い、当日用の句箋を貰って席につきます。前の白板に宿題四題と各題の選者名が記してあり、来月の句会の宿題が紹介されています。空いている席につき、持ってきた句を句箋に写していると、世話係の人が、お茶、ぜんざい、お菓子を配ってくれます。どうも句会では、こういう軽食がサービスされるもののようです。

句箋に書いたものを、前の席に置いてある箱に宿題別に提出し、十三時三十分頃締切りになりました。それから約一時間は選者による選の作業です。参加者はそれぞれおしゃべりしたり、ぜんざいやお菓子を食べたり、句集を見たりして時間を過します。

入選句の発表は、選者がその句を二度読み上げます（一度の句会もあります）。すると参加者（作者）が会場から名のりを上げます（呼名）。姓でなく名の方を言います。それを記録係がもう一度確認し記録します。

その日の参加者は三十名、投句者は九名で、計三十九名が三句提出するので、各題につき百十七句提出されたことになります。入選は五十句ということになり、選者がそれを選別して発表するわけです。提出句には自分の名前は記入しません。したがって、句そのものの良し悪しによるわけで、公平さが身上とされています。私の句の入選状況を書く前に、句会の様子や私の印象を述べてみたいと思います。

まず、川柳をやる人に年配者が多いということです。ほとんどが私より年長で、私より若い人は一〜二割ではないでしょうか（どおりで、川柳の句材として余生や老いや孫が多いわけです）。若い人は仕事や身体を動かす趣味に忙しく、こういう分野には関心を持っていないせいだと思われます。川柳も熱心にやるには、勉強、作句、句会出席と結構時間がかかるので、時間に余裕があることが必要条件です。余生に川柳をやろうと私が考えたように、皆さんも同じ理由でやってらっしゃるのではないでしょうか。ただし、私としては、短歌を若い人がやるように、若い力にも是非入ってきてほしいと思います。

二番目に女性が多いことです。当日の参加者三十九名のうち男性は十一名です。川柳というと、皮肉やおかしみやこっけいの要素が多く、私はこういう面は男がすなるもので、女の人はまじめ一徹だから苦手だろうと思い込んでいました。ところが、川柳界も女性パワーの時代のようです。

次に、雰囲気が（表面上は）和気あいあいであるということです。皆さんベテランなので顔見知りということもあるのでしょうが、川柳の要素として「軽さ」や「こっけい」があるので、笑いが起こります。そうすると、顔をしかめて敵対ばかりしておれないというところでしょう。ただし、裏では勿論入選か没かの熾烈な競争があるわけで、剣を切りむすんでいるものと思われます。

最後に、すぐに結果がでるのでスッキリした気分になれるということです。とかく、応募してから何ヵ月もかかる選考が多いものですが、句会はその日のうちに入選か没かが分かります。一種の爽やかさがあります。勿論多くの句が入選すれば嬉しいわけですが、没の場合もどうして没になったのか、あれこれ考えてみるのも一興です。

それでは、私の提出した句と入選状況の話に移りましょう。「タイミング」の題で次の三句を作りました。

◇　◇　◇

(37) **世のニーズ測り売り出すタイミング**

(38) **勝負師の退きどきはかる鮮やかさ**

(39) **善人にタイミングの神味方せず**

◇　◇　◇

(37)は、物を売り出すにはニーズの分析が必要だなという実感から作句しました。電気製品や衣服など特にそうでしょうが、私の頭には本のことがありました。私はこれまで数冊の本を書いてきましたが、歴史・語源ブームの時に出した語源の本、学習者の興味を引き起こすことが大切だと叫ばれた頃に出したエピソード集の本は売れました。他はさっぱりでした。物を売るにはニーズの調査が必要と思っています。

(38)は、退きどきの難しさを読んだ句です。若い頃パチンコを楽しみましたが、一時ジャラジャラ出ることがあります。その時にやめておけば勝てたのですが、もう少しもう少しと思っている間に玉はどんどん減っていき、今日もまたすっからかんで帰るということが再三でした。また、碁を打っているとき、形勢判断して優勢であれば、あとは固く打ち勝利を確実にすればよいものを、ついつい闘争本能が出て不利な場所で勝負をしてしまい、結局負けるということがよくあります。勝負師は、退きどきをキチンとはかることができる人だろう、という句です。

(39)は、浮世の複雑さを詠んだものです。この世で善人必ずしも成功するとは限らず、むしろ悪人やいじわるが世にはびこっています。善人はすることなすことタイミングが悪いので、損をしているのをよく見ます。そういう不合理みたいなものを詠んだつもりでした。上五を善人とせず、たとえ七となっても正直者とした方がよかったのかなとも思います。

「多感」として次の三句を提出しました。

◇◇◇

(40) 多感なる少女は妥協が許せない

(41) 多感さを維持し詩人は世をすねる

(42) 万年青年多感な前髪かき上げる

◇◇◇

(40)の句は、感じやすい少女の身になって作句したものです。大人たちはすぐに妥協してこの世の悪やずるさと折り合いをつけていますが、純粋な少女にはそれが許せないだろうなあと思いました。川柳の楽しみの一つに、このように他者の立場に立って、物事を捉え直すことができるという点があると思っています。少し乙女チック過ぎましたか。

(41)は、中年になっても純粋さを失わず、そのためにうまくこの世を渡っていけない人もいるだろうなあという一種の憧れを、詩人の姿を借りて表現しました。

(42)では、「多感な前髪」という表現を工夫しました。私も昔は万年青年みたいと言われたことがありましたが（誰が言うか！）、最近は頭が薄くなって、かき上げようにも手が空を切ります。しかし、句は自由ですから、いくらでも想像の翼を広げられます。

◇◇◇

「飾る」という題では次の三句を作りました。

(43) **あまりにも飾らぬ本音にムッとする**

(44) 着飾って口の端からボロが出た

(45) 厚化粧仮面の裏の泣きぼくろ

◇　◇　◇

(43)の句は、知人の中にこういうタイプの人がいるなあという実感の表現です。普段私たちはひとを傷つけないようにとか、なごやかな空気でいるようにと考え、言葉も選択し遠慮もしています。しかし、あるタイプの人は怒っているとは思えないのに、ズバリと本音や悪口を言います（親友と言える仲ではないのに）。そう言われて、まわりの人は心の中でムッとさせられます。「少しは考えてものを言え」と、その人の常識を疑います。

入選句の中では、「飾らない言葉」はいい意味で用いられていました。たしかに、「飾った言葉」というのは粉飾という含みがありますから、「飾らぬ言葉」は肯定的に使用すべきだったなあという反省があります。

(44)は、外見と内容のギャップを捉えた句です。着飾ってきれいに化粧して見事な女性美ができました。しかし、彼女が話し始めたら、その言葉遣い、話す内容とても淑女とは思えません。せっかく着飾ったのに、口の端からボロが出たのです。晴着とボロという対比を利用しました。

しかし、本句は没でした。「飾る」という題に対して「着飾って」と表現する人が多いようで、同想句は没にされることが多いようです。誰でも考えることではなく、むしろ思いつかないような一面を詠むのが入選するコツのようです。

(45)は、私は全然知りませんが、夜の蝶を想像した句です。きれいに着飾り化粧して夜を稼いでいる女性の顔の裏側に泣きぼくろがあったなんて、男性ならほろりとこなくちゃあ。

◇◇◇

「いのち」の題では、次の三句を提出しました。

(46) 寒椿ぽたりいのちはかなし

(47) 夫より子が命なり血の流れ

(48) 信用がいのちと守る古のれん

◇◇◇

(46)の句は、情景描写ですが、人のいのちもある日突然消えるもので、はかないことが多いなあと思い作句しました。椿の花が落ちる様子を、もっとプラス思考で、潔さとか老醜の無さとかで表現すべきでした（反省！）。

(47)は、我が家族の暴露の句です。ウチには子どもが二人いますが、妻の気遣いを見ていると、夫の私へより子供たちへの方が深いように思えてなりません。どうもこれは仕方がないところもあって、血の流れという観点からすると、私と妻は他人ですが、妻と子どもの間には確実に流れがあります。そこで、私は妻を「いくら子どものことを想っても、最後は離れていくんだぜ」と脅しています。この句は入選かなと想っていましたが、没でした。

(48)は、雪印などへの皮肉です。伝統というものは信用を土台にして出来ているんだから、信用を失うようなことをすると、いのち取りになりますよ、ということですね。この句は当り前のことを詠んだので没かなと思っていたら、入選でした。

入選披講の席では、私が新人ということで、私が名乗りを上げるたびに温かい拍手をいただきました。入選したのは(37)、(38)、(41)、(42)、(45)、(48)の六句でした。参加者の最高は十句入選（一名）で、次に七句入選（一名）、六句入選（四名）、五句入選（九名）でした。デビューで、いきなり六句入選は上出来で、例の「やせ馬の先走り」の癖がでました。しかも、「多感」の選者F氏（女性、徳島番傘会長）より、私に向けて「いいセンスをされています。ガンバって下さい」というお言葉があり、感激のあまり鼻腔が一ミリふくらみました。

初めての句会で、私は非常にいい経験をし、多くを学びました。川柳をやる人たちは、こういう風にして集まり切磋琢磨しているのかと納得しました。集まる人たちの経験の長さやレベルが、入選のレベルを上下させることでしょう。一種の相対評価ですから。全国レベルの句会というようなものも、きっと有るのでしょう（今のところあまり関心はありませんが）。

それから、句の傾向についてですが、披露されて、会場がわあーっと受ける句がありま す。作った人にとり、多分あれは快感だろうなあと思いました。一人で作句しているとき は入選が第一目標で、そんなことにはまったく考えが及びませんでしたが、将来は配慮す べき要素かもしれません。

投句者として参加

初めての句会で大成功をおさめた気になった私は、月一回の句会ではもの足りず、別の句会にも参加したくなりました。すると、Ｉ氏より連盟句会というものがあると聞いたことを思い出しました。そこで、それに出席していいかどうか電話でお尋ねしました。返事では、出席してもよく、次回は平成十四年四月七日ということでした。折悪しく、その日は東京出張の予定が入っていました。

残念！と思い、諦めかけた頭に「かもめ句会にも投句者がいたではないか」ということがひらめきました。Ｉ氏に、連盟句会に投句者として参加してよいか、と尋ねますと、「まだ一度も出席していない者がいきなり投句者になることはできない。でも、まあ私の方から了承をとってあげるから句箋を送りなさい」という温かい重い槍。

連盟句会のために私が送ったのは次の十二句でした。「危険」の題で、次の三句を提出しました。

◇◇◇

(49) 肌で知る危険がなくて平和ボケ

(50) 酔眼は危険な魅力に逆らわず

(51) フグ料理危険と美味のハーモニー

◇◇◇

(49)の句では、全体的に見て取れる日本人の平和ボケを詠み込みました。外国に出てみると、日常生活もそう、対外的にもそうで、危険がいっぱいです。戦後我が国は、平和で安全だったもので、特に若者中心に危機感がありません。ある外国人によると、日本は狼の群の中を歩く丸裸の豚みたいだそうです。

(50)は、酔っぱらって大金を払わされた話や身ぐるみはがされた話を句材にしました。

酔眼には危険は見えず、魅力だけが見えるものです（と聞きました）。ただし、この句は「危険な」という形容詞を使用したので、ルール違反でした。推敲の足りなさを反省！

(51)はフグ料理についてですが、あれが美味であるのは、危険と隣り合せだからという説もあるので、「ハーモニー」ということにしました。

◇◇◇

「溢れる」という題のもと次の三句を送りました。

(52) 暴走族溢れる若さの無駄遣い

(53) ゆく末はゴミが溢れて匂う島

(54) ぜいたくは朝の風呂から湯が溢れ

◇◇◇

(52)の句は、暴走行為の無駄を詠んだものです。車の運転技術をもっと有効に活用しろ、もったいない！という想いがあります。

(53)は、多くの自治体が困っているゴミ処理問題への警鐘です。多分ゴミの多くは再利用できるはずだし、資源の少ない日本がこのように多量の物をゴミとして放棄していたら将来バチが当たるのではないでしょうか。

(54)は、(3)の句とほぼ同内容ですが、表現に変化をもたせました。

「一流」という題では次の三句を作りました。

◇◇◇

(55)一流は自分はまだまだですと言う

(56)一流と二流を分かつ深い溝

(57)一流選手だけが楽する引退後

◇◇◇

(55)の句は、一流選手や一流の芸術家の謙虚さを詠んだものです。たしかに、一流の人が威張ると鼻もちならないでしょうが、われわれ凡人から見て一流の人が謙遜ばかりしているのを見ると、逆に「ケッ」と思うのも三流のひがみから。

(56)は、二流や三流から見て、一流になろうとしてもきっとそこに深い溝や厚い壁があるに相違ないと想像しての作句です。「二流だけ自分は一流ですと言う」というのも考えましたが、詰まらないと思いやめました。

(57)は、スポーツ選手の引退後を詠んだものです。一流選手は現役時代は人気があり高給をとりスポットライトを浴び、引退後もコーチ、監督、レポーター、テレビやラジオの解説者、ゲスト等になって楽して脚光を浴びます。一方、二流三流にはなかなかそのような口が回ってこなくて、苦労の後半生と格闘しなければなりません。その対比を詠んだつもりでした。

「贈る」という題で作ったのは次の三句です。

◇　◇　◇

(58) 贈られた口利き料がいのち取り

(59) 贈られた自伝重ねて枕とし

(60) 花贈る男よからぬ下心

◇　◇　◇

(58)の句は、先ごろ失脚した徳島県知事の収賄事件を扱った時事川柳のつもりでした。多分多数の人がこのテーマを扱ったと思われ、没でした。

(59)では、自伝や自分史は自己満足で終わりかねませんよ、ということを言いたかったのです。「贈られた自伝最後は灰になる」というのも考えましたが、残酷な含みが強すぎるので、やめました。

(60)は、男の下心をヤユしたものですが、少々品に欠けました。もっと苦心して人間心理や社会のことをまじめにとりあげるべきでした（反省！）。

平成十四年四月七日当日は出張のため会場に行けませんでしたが、後日I氏からの連絡で、(51)、(54)、(55)、(59)の四句が入選したことを知りました。最初のかもめ句会では十二句の提出のうち六句入選でしたが、連盟句会では十二句投句のうち四句入選でしたので、成績は下がったことになります。まあ、この程度が初心者としての実力かもしれないなあと思っていました。多少がっかりです。

しかし、これも後で知ったのですが、四句入選は上出来だったのです。その理由は、連盟句会の方がずっと参加者が多いこと、及び名の知れたベテランの人たちが多く参加する句会だったからです。来月の連盟句会には是非出席して、その雰囲気に触れ勉強しようと思いました（落胆し、やめたくなってもしらないよ）。

よりどころを何にするか

川柳を作るに際し、何をよりどころにすればいいのでしょう。前にも書いたとおり、私の場合、与えられた題に関して「何か面白いことはないか」、「感動したことはないか」、「懐かしい体験はないか」程度しか考えていません。特に主義はなく、面白ければよい、入選すれば嬉しいで終ってしまいます。初心者のうちはこれでいいのかもしれません。

しかし、ずっとこのままでいいとは思っていません。望ましいのは、自分の中に一定の芯があり、それに沿って作句するという姿勢です。句を見れば私の作だと分かって貰えるようになりたいものです。

私の中にはまだ芯がありません。早く芯を決め、それに沿って作句する訓練をしなければなりません。作句していくうちに自然に傾向ができてくるということも考えられますが、それより主体的に決めたい気がします。

どういう芯を設定するかですが、自己満足や押しつけや過去を懐かしむばかりという作風は避けたいと思います。「日本の将来への警鐘を笑いにまぶして」というのはどうかなとも思いますが、何となく自分に合ったテーマという感じがしません。

暫くは芯探しの旅をする必要がありそうです。川柳や俳句や短歌で一流になるには、有名な師について教えを乞い上達していくもののようですが、私は特定の師につく気はありません。なぜか。それは、川柳は楽しむためにやるのであり、メシの種にする気がないからです。

もちろん、上達したいうまくなりたいという希望はあります。そのためには、もっともっといい句に触れ、好きな傾向を見つけ、自分をそれに染めるようにしなければならないのかなという感じです。

四月かもめ句会

平成十四年四月二十日の曇り空を二回目のかもめ句会に出席しました。会場の様子や進行方法も分かっていて、一回目ほどの緊張はありませんが、やはり多少の快い緊張はあります。前回鮮烈なデビューを果たしたので（誰もそんなこと思ってないよ）、あれがまぐれでなかったことを今回証明しなければならないからです。

出席者は二十七名、投句者は九名。入選は四十五句と決まりました。やり方は前回と同じで、四つの宿題につきそれぞれ三句を提出するものです。私はそれぞれ次の三句を作りました。

宿題「進む」

◇　◇　◇

(61) 進むべき時にへっぴり腰になる

(62) ＩＴ化進み鉛筆先細り

(63) 進んでる人と言われて凧になる

◇　◇　◇

(61)の句は、我ながら情けないときもあるという心情を詠んだものです。ここは断然進むべきだと思うのに、身体がついてこんというか、まわりが気になるというか、さっそうとはいかないことがあります。それを「へっぴり腰」で表現しようと思いました。

(62)は、ＩＴ化を句材にしました。最近は、文書作りもパソコンによるものが多く、鉛筆は少数派になりました。最初は「鉛筆消えんとす」としていましたが、推敲を重ねて、鉛筆の様子をひっかけて「先細り」として成功したと思います。

(63)は、ほめられ慣れていない男の悲劇物語です。「進んでるネ」と言われると、実体以上のものを見せたくなるという心理です。よく「木に登る（猿もおだてりゃ）」は見るので、それより高いところに昇る凧を使ってみましたが、没でした。

宿題「折る」

◇◇◇

(64) 咲く前に手折った悔いの花鋏

(65) この辺で折れておこうか明日がある

(66) 寂しくて苦い記憶を折りたたむ

◇◇◇

(64)の句は、自分ではうまくできたので入選すると思った句でしたが没でした。私の妻は一度も社会に出て働いたことがなく、彼女の才能を試したことがなく、少し悪いなと思っている気持を花鋏に托してみたのですが。「手折る」と「鋏」が不適切な組合わせだったのでしょうか。
(65)は、徹底的に口語表現にして「折れる」を焦点にしました。
(66)は、「記憶を折りたたむ」という表現を一度使ってみたいと思っていたので、やってみた句です。それが、「寂しさ」としっくりこなかったせいか、一人よがりととられたせいか、本句も没でした。

◇　◇　◇

宿題「優しい」

(67)　優しげな顔で詐欺師の口車

(68)きっと有る見えぬ仏の優しい手

(69)優しいね痛いとこには触れないね

◇　◇　◇

(67)の句は、詐欺師の描写です。心とはうらはらに優しげな顔で弁舌巧みにすり寄ってくると思われる姿を句にしました。ひとから相手にされなくなって寂しい境遇の老人に、詐欺師が優しげな顔で近づき、お金を巻き上げる話を聞きます。だまされていると分かっていても、優しくしてくれるのが嬉しくて、わざとだまされる老人がいると聞いて、一寸やり切れない気持になりました。

(68)は、この世に神も仏もいないとは考えたくなくて、きっと最終的には仏の手が守ってくださるに相違ないという祈りを率直に句にしました。句会の選者の多くは、人の世の温かさや肯定的な面を詠んだ句を高く評価する傾向があるようです。それを見ぬいた上で、本句は虎視眈眈と入選を狙い、そして入選しました。

四月かもめ句会

(69)は、人間関係をスムーズに運ぶための最低限のマナーを口語表現で詠みました。

宿題「でも」

◇◇◇

(70)でもねえが幅を利かせて定まらぬ

(71)よく分かるでも心から笑えない

(72)四面楚歌それでも地球回ってる

◇◇◇

(70)の句は、優柔不断なグループでの検討の様子を皮肉った句です。心配や遠慮ばかりせず、現状を前進させるのであれば建設的に決行するのがよいというのが私の持論です。

(71)は、実は会場で急遽作った句です。持って行ったのは「デモの眼に盾は権力棒は刑」でしたが、この場合デモは入らないと知り、新たに作句しました。理屈で説き伏せられる時、理性では分かるのだが、何となくスッキリしない気分を詠みました。

(72)は、ガリレオ・ガリレーの気持です。まわりの人は自分の意見に反対ばかりだったが、やはり自分は自分の考えが正しいと思う、そういう場面があったことを思い出しながらの句です。

結果は、(62)、(65)、(68)、(69)、(72)の五句入選でした。前回は六句入選でしたので、一句足りません。ま、この程度の減少なら我慢して次回の健闘を期待しましょう（と、まるで他人ごと）。

それよりびっくりしたのが、「進む」の選者の田中清氏が女性だったことで、それまで名前の文字や入選句の豪快さなどから、てっきり男性とばかり思っていました。入選句の披講の様子はやはり豪快で爽快でした。

この段階でも、まだ入選と没について自分の予想がはずれることが多かったものです。自分では割とうまくできたと思う句が没になったり、逆に穴埋めのつもりの駄句と思っていたものが入選したりしています。

多分、自分でうまくできたと思う句は模倣に近いので、選者にそれを見破られたのではなかろうかと推測しています。ともかく、選者の中にある基準がよく分からないという不安があります。それが分かれば、学生時代によくやった「ヤマを張って」作句し、ドシドシ入選させることもできるのですが。やはり、経験をもっともっと積む必要があるということでしょう。

ひょっとしたら、経験を積んでも分からずじまいということがあるかもしれません。なぜなら、句会での入選句を数えてみると、県で最高のレベルと思われる人たちでも、十二句のうち半数程度しか入選していないからです。句会で選者を務めるような人ですらそういう状態なんですね。

この頃は、まだ川柳を始めたばかりですので、とにかく入選が多ければ喜び、少なければがっかりしという単純そのものです。早く、入選句の数に関係なく、少数でもいいから人々の心に残る名句を作りたいと願う心境に達したいものです（十年早いよ）。

徳島県川柳作家連盟句会（連盟句会）出席

連盟句会に初めて平成十四年四月七日に投句者として参加し、四句入選したことは前に書きました。今回は（五月五日）実際に出席することにしました。

I氏より、連盟句会のレベルは高いので、初心者の私向きではないというような話を伺っていましたが、レベルなんか糞食らえで、今は何でも経験しどんどん学習することが重要です。

前に四句入選しているので、この調子でいけばいいという気楽さと、やはり四句程度は入選しなければならないというプレッシャーの両方があります。

当日、出席者は宿題四題（つまり十二句）を作句して会場に行き、会場で席題一題（三句）を作句するという形でした。当日の句会の出席者は三十七名、投句者は十一名で、入選は席題四十五句、宿題五十五句と決められました。

まず、私の作った句を紹介しましょう。

席題「もしも」

◇◇◇

(73) 人生のもしもの悔いを子に托し

(74) ライバルがもしもこけたらそれはもう

(75) 二億円それがもしもの額ですか

◇◇◇

(73)の句では、あの時もしああしていれば人生変わっていただろうなあ、という想いを詠んだものです。でも、人生をやり直すことはできないので、その悔しさを子に托すことになります。本人はあまり勉強しなかったくせに、子どもに「勉強しろ、勉強しろ」と言うのは、「勉強しておけばよかった」とか「もしも、あの時しっかり勉強しておればもっとましな人生になったのに」という想いがあるからです。

(74)は、自分でも軽妙な句ができたなと思っていました。ライバルを押しのけて俺が俺がと出しゃばりたくはない、しかし、もしもライバルがこけたのであれば自分がやってもよい、という、多くの日本人が持っていると思われる心情を口語的表現で詠めたと思っていました。

(75)は、昨今もしもの時には二億円という巨額が動くという驚きと感嘆を句にしました。交通事故で賠償するときこれぐらいかかることがあるそうです。また、もしもジャンボ宝くじの一等が当たれば二億円ぐらいが入ってきます。

選の結果は、三句とも没でした。少し自信のあった(74)も入らなくて、やはり厳しいものだなあという気持がしました。

宿題「外野」では次の三句を提出しました。

(76) 外野から見れば内輪の鬼ごっこ

◇◇◇

(77) 外野だけ騒ぎ二人を貝にする

(78) 別居しただけで外野がやかましい

◇◇◇

このテーマで、最初は野球の外野手や外野守備のことが頭に浮かんで、「人気ない試合外野にハトが飛び」とか「外野手の俊足内野の球を追う」など作っていました。

しかし、それでは単に事実を言っているにすぎないと反省し、当事者と外野席という対称に絞って詠むことにしました。

(76)の句には、多くのゴタゴタは内部抗争にすぎないので、万事広い見方が必要であるという意味を込めました。国会などの動きを見ていると、特にこの感を強くします。国全体の将来に関することをもっと真剣に建設的に論じ合ってほしいものです（何を偉そうに！）。

(77)と(78)は、芸能人やスポーツ選手対ジャーナリズムを句材にしました。有名税とは言いながら、有名人に関する週刊誌やテレビの取材、報道は異常に思えます。大衆ののぞき趣味をあおるような報道は自粛してほしいと思います（何を偉そうに！アゲイン）。

結果は、三句とも没でした。(78)など、かなり自信作であっただけに、だんだん気持が落ち込んできました。やっぱり、県下のトップクラスの川柳作家が集う句会だけあって、自分なんかには歯がたたないんだなあ という気持です。結構気合いを入れて作句し、推敲もして出席したつもりだっただけにショックです。

この分だと、全没か一句だけ入選という惨めな結果になるのでは、という暗い予感が頭を占めるようになりました。もともと自分には確固たる信念も技術もないのだから、自信らしきものも簡単に崩れるのです。披講がすすみ、まわりの笑い声の中で「どうしよう、どうしよう」と考え始めていました。

次の宿題「グループ」では次の三句を提出しました。

(79)グループに属さぬ雑魚の意地がはね

◇　◇　◇

(80)グループが降りて乗客背伸びする

(81)グループの旅を待たせるスケッチ魔

◇　◇　◇

(79)は、一匹狼の気概を雑魚に置き換えた句で、結びを「はね」としたのもそのためです。

私自身少々ヘソが曲がったところがあるようで、意味もなくグループの中にいるより独りの方が気楽に感じます。
(80)では、列車などでよく見かける風景を句にしました。長時間でも満員の席ではかしこまっているしかありません。そんな時、席がすいてくるとウーンと背伸びしたくなります。
(81)は、グループの旅を句材にし、いつも遅れてきて皆に迷惑をかける人をスケッチ魔として詠み込みました。この句は着眼点が面白く入選するだろうと期待していました。

選の結果は、そろそろ「グループ」の披講が終わろうかという時、(80)が読み上げられました。続いて、二〜三句読み上げられた後、(77)がとり上げられました。おかしなことです。その理由は、私が「外野」として提出する筈の句を、「グループ」の箱に間違って入れていたからです。句を提出する時、私に話しかけた人がいて、返事しながら提出したのでミスをしたものと思われます。

本来なら、(77)は無効ということになるのでしょうが、新人ということに免じて、(77)の句は「外野」で入選ということになりました。次からは、一題ずつ確実に三句ずつ提出しなければと強く思いました。これで、二句入選したわけで、全没という最悪の事態は避けられた訳で少しホッとしました。しかし、自分のミスで披講に水を差したようで気は晴れません。

宿題「原点」では次の三句を提出しました。

◇◇◇

(82) 生命の原点ゆえか海が好き

(83) 原点に戻り窮地を切り抜ける

(84) 原点を忘れた罰に不況風

◇◇◇

(82)では、人は生命誕生の源にあがらいがたい引力を感ずるらしいという説（オッパイが魅力的なのもそのせいとか）をヒントにしました。私自身は海より湖の方が好きですが、いい句のためなら多少の嘘もやむをえません。

(83)では、昨今の会社経営や政治団体等を見ていて、それらが原点を忘れ、あらぬ方向に突っ走っている様子が見てとれることを句材としました。大切なのは原点を思い出すことで、それを守っていれば、窮地でも切り抜けられることでしょう。

(84)はその逆で、原点を忘れて浮ついた商売をしているので、そこへ不況が押し寄せてくるという警鐘です。

選の結果は、(82)と(83)が入選で、ここまでで合計四句入選したのです。

宿題「興味」では次の三句を提出しました。

◇　◇　◇

(85) 苦心して生徒の興味掘り起こす

(86) 老夫婦興味違ってすれ違い

(87) 興味あって就いた職場は鬼の群れ

◇◇◇

(85)では、教育現場はこうあってほしいという願望を句にしました。生徒が面白がり関心をもって勉強するには、教員が努力し苦心して準備する必要があります。逆に、教員が何もせず楽して、生徒を苦しめる授業をすると、生徒は興味を失い勉強を嫌いになります。これを、私は「学習の反比例の法則」と名づけています。

(86)は、私と妻の未来図を想定して作句したものです。どうも二人の興味関心が一致しないことが多いのです。私が囲碁や川柳に凝っているのを見て、彼女は「どうして頭ばかり使って苦しまなければならないの」といって笑いものにします。

一方、妻が凝っている健康食品や福祉活動について、私はたしかに貴重で有益と思いながらも、今のところ足を踏み入れる気はありません。今後二人とも元気なら、すれ違いの日々が多くなりそうです。

(87)は、まったくのフィクションのつもりで作句しました。大げさに表現した方が面白かろうと思い、「鬼」を使いました。「鬼」の意味として、「専門的知識が高い人」ということにすれば、私の周囲はこれに該当しているかもしれません。オーこわ！

選の結果は(85)と(87)が入選でした。

結局、五月連盟句会において私は六句入選を果たしたことになります。そのうち、(82)や(85)はまわりの人から高い評価を受けました。しかし、何だか嬉しくないのです。一つには、最初の二題に入選がなく、そのことで相当落ち込み自信をなくしかけたことがあります。それと、提出句の入れ間違いをし、選者や出席者に迷惑をかけたことがありますんでのところで、川柳をやることへの興味とやる気を失うところでした。そこで、私にとって今後最も大切なことは、このようにやる気を失いそうになったときどうやって気持を鼓舞するかということでしょう。なにしろ、A型人間は諦めがいいのが取り柄なのですから。

番傘との出会い

川柳作りに上達するには優れた句や面白い句に数多く触れ、自分の中に貯えをすることが重要だと思います。一般的に、他人の句の盗作や改作はいけないことと言われていますが、「学ぶ」とは「真似ぶ」から来たと言われているように、川柳の場合も秀句や自分に合った句から、川柳の発想法や表現の技法を学ぶのがよいでしょう。

ところが、通例の川柳入門の本は説明が中心ですから、それほど豊富に句が紹介されているわけではありません。そこで、できれば句集など手元に置きたいという希望を持っていました。しかし、やみくもに句集を集めても、例えばそれが前衛的な川柳句集だとしたら、私の好みではありません。先に触れた月刊の『川柳阿波』を年間購入するようにしましたが、量的にまだまだ足りないという感じです。

そんな状況の私に、平成十四年四月下旬F氏より『川柳番傘』のプレゼントがありました。二回目のかもめ句会参加の席上のことでした。これは、大阪にある番傘川柳本社から出ている月刊誌です。その号では、同人近詠として、番傘の同人千名以上が各四句ずつ近作を寄せています。また、誌友近詠として番傘友の会の会員七百名以上が、選者により選ばれた五句から一句を寄せています。次に、各地句報として、番傘支部の句会の中から選ばれた句が紹介されています。というわけで、その誌にはビッシリと句が並んでいます。

正直言って、私はビックリしました。全国で（といっても西日本中心ですが）、こんなに多くの人が川柳を作っているとは思っていませんでした。私はなんにも知らなかったんですねえ。あるいは、川柳には番傘以外にも他の流派があるのかもしれません。

『川柳番傘』を手にしてまず私がやったことは、それに目を通しながら、気に入った句や感心した句にマーカーで色をつけていく作業でした。読み返すとき、何千という句すべてを読むのは大変ですから、二度三度と鑑賞したい句に目印をつけていったというわけです。これまではノートに写していたのですが、これだけの数になると流石にノート写しは諦めました。

この作業は大変楽しいものでした。思わず笑ったり、「うまい！」と独り言を言ったり、感心したりして、いい勉強になりました。私も早く彼らの仲間入りをしたいと思います。『川柳番傘』については、平成十四年五月より年間購入（費用は八千四百円）することにしました。

購入の手続と一緒に、番傘友の会会員の申し込みをしました。この会員になると誌友として『番傘』に投句し、審査を受けることができます。近い将来こちらへも投句するつもりです。また、五月から番傘の徳島支部(いわゆる徳番)の句会に参加することにしました。

五月かもめ句会

平成十四年五月十八日にかもめ句会に出席しました。当句会はこれで三回目ですから、見知った顔もちらほらできて、だいぶ雰囲気に慣れてきました。当日は四つの宿題につき次の句を作り提出しました。

「厄介」

◇◇◇

(88) 厄介を押しつけにくる低姿勢

(89) 厄介になります課長が来い来いと

(90) 厄介は押し売りにくる信じ込み

◇　◇　◇

(88)は、世話役の人が厄介なことを押しつけにくる態度の描写です。やけに低姿勢でくるなと思っていると、気がつけば、厄介な仕事や役目をうまく背負わされていることがあります。偉そうに言ってくるのであれば、こちらも断固拒否できるのですが、低姿勢でこられるとムゲに断ることもできないもので、そのあたりをよくわきまえた人が名世話役ということでしょう。

(89)は課長のお宅に入る時の部下たちの言葉です。一杯入って、もう少し飲みたいなという雰囲気の時、上司は自宅に部下を呼んでご馳走するのではないでしょうか。部下の方としても、本当は遠慮したんだけど、課長が来い来いと言ってきかないものだから、しぶしぶついてきました、という形をとります。

(90)は、自分の信じ込みを押し売りする人を材料にしました。当人は、ある事を絶対正しいとか為になると信じています。こんなにいいことを知らない人がいると思うと、どうしてもそれを知らせ参加させたいと思い、一所懸命になります。

当人は親切でやっているだけに、押し売りを受ける側とすれば厄介もいいところです。

「内緒」

◇◇◇

(91) 「内緒よ」と広めるために付け加え

(92) 親に内緒巣立つ娘の他人めく

(93) 内緒ごとたんと知ってる目の動き

◇◇◇

(91)は噂話をする時のテクニックです。人間「この話は内緒よ、誰にも言わないでね」と言われると、逆に「一人ぐらいなら言ってもいいだろう」と思い、結局は三、四人にもらしてしまいます。この人間心理を利用して、広めたい噂には「内緒よ」と付け加えるようにします。すると、一週間もすると、内緒でなくなっているでしょう。

(92)年頃の娘の描写です。色恋沙汰になると、彼女は親にも秘密にするようになります。それまでは包み隠さず何でも話していたのに、急に秘密を持った娘は、親からすると遠くに行ったようで他人めいてきます。これが巣立ちということでしょう。

(93)はグループのボスの条件です。仲間の弱点や内緒ごとを多く握っている不気味な存在という人が世の中には必ずいます。

こういう人は、何かもめ事がある時に、まとめ役になることができます。多くの人が弱点を握られているので、そうそう反対もできません。どすを利かせるのがボスの役目です。

「奏でる」

◇

◇

◇

(94) **よしこのを奏でる三味も阿波の色**

(95) **コオロギが奏でる無常感へ秋**

(96) **合奏のつもりへ離婚申し立て**

◇◇◇

(94) は阿波踊りの伴奏曲「よしこの」についての句です。笛と三味線でメロディーを、太鼓とカネでリズムを奏でます。阿波踊りの有名連(グループのこと)には、練達の踊り手を支える数十人のお囃子がいます。

(95) では、秋のコオロギの声の無常感をとりあげました。ほとんどの外国人にとって、コオロギの声はうるさい雑音に聞こえるそうですが、日本人はあれを聞くと、モノノアワレを感じます。

最後の「~秋」という言い方など巧くできたと思っていましたが、この句は入選しませんでした。ひょっとしたら、五月に秋の句がまずかったのかもしれませんので、秋にもう一度審査を受けさせてやりたい句です。

(96)は夫婦仲を考えたものです。片方は、二人で協力し合ってうまくやっていると思い込んでいます。しかし、別の片方は全然そう思ってなくて、もうこれ以上夫婦でいられないと考えています。コミュニケーションが成立していない状態ですね。そういう状況を、合奏と離婚申し立てという言葉で表現してみました。

「誠」

◇　◇　◇

(97) **土壇場で受けた誠の嬉しさに**

(98) **誠意欠くみやげで客を遠ざける**

(99) プロポーズ誠実という顔で押し

◇◇◇

(97) は想像の句です。幸い私はあまり土壇場という経験の少ない平々凡々たる人生を歩んできましたので、これは実体験とは言えません。ただ、会議などで、みなが自分の意見に反対という雰囲気の中で、突如賛成意見を言ってくれる人がいると、救われた気になったという経験は何度かあります。

(98) は事実を詠った句です。名産すだちのおみやげで上の段には立派なものが入っていたのに、下の段には小さなクズのようなものが入っていた（しかも数箱がそうだった由）という他県の人の苦情が新聞に載っていました。それを読んで、何と馬鹿な業者かと大いに立腹しました。その一事により、徳島県のイメージ、すだちの評判、徳島県の信用すべてに傷をつけました。

(99) で、私はプロポーズで一番大事なのは誠実さであると断定しました。人間いろいろアピールし約束すべきことはあると思うんですが、一生夫婦でやっていくためには誠実が最も大事だと思います。したがって、プロポーズでは自分は誠実そのものであるという態度をとります。その逆（つまり自分は嘘つきであると白状すること）は、愛想つかしされたい時に使うと思うんですね。

選の結果は、(88)、(92)、(94)、(97)、(99)の五句が入選でした。入選した句は予想どおりでしたが、自分では、(89)も入選すると思っていました。それがなぜ入選しなかったのか自分では分かりません。

五月徳番句会

平成十四年五月十九日に開催された徳番句会には投句者として参加しました。この句会は初めてですので、是非出席したかったのですが、急に風邪でせきがひどくなりました。私自身も気分がすぐれないし、それよりも出席者を不快な思いにさせるのはまずいので、句だけを送る形の参加となりました。

したがって、宿題三題だけを投句し、席題は不参加でした。

「自由」

◇　◇　◇

(100)　職業の自由と職がない自由

(101) **掌の上に私の自由圏**

(102) **因習の鎖断ち切り翔ぶ自由**

◇◇◇

(100) はリストラ流行の昨今を詠んだ句です。国民の権利として職業の自由があります。しかし、近頃は特にリストラされた中高年のサラリーマンは職探しに苦しんでいて、職業の自由を主張するどころではありません。

こんなに永く続く不況は政策の失敗からきているように思われますが、職のない中高年からすると、政府から「職のない自由」を与えられているようなものです。

(101) はユーモア中心に作句しました。世の亭主は、関白のつもりでいますが、実は女房にしっかり管理されているのではないでしょうか。自分は自由にやっていると思っていても、実は女房の掌（てのひら）の上で泳いでいるだけかもしれません。

(102) は、旧来の因習を嫌う気持から作った句です。私は農村で育ちましたが、若い頃土地の古いを習慣が大嫌いでした。幸い私は三男坊で、跡継ぎの責任がないのをいいことに、事あるごとに改革、変革などを唱えてきました。故郷を遠くにして、とんがっていたわが若き日を懐かしく思い出します。

「素人」

◇◇◇

(103) 素人ぽさが受けて境界ぼやけだし

(104) 道楽で食うプロ金がかかるアマ

(105) 素人にしては巧みなすすめぶり

◇◇◇

(103)は、芸能界などで生じている現象を材料にしました。昔は、歌手にしろ俳優にしろ、プロには確かな芸があり、素人にはとても近寄ることもできない水準がありました。ところが近頃は、「素人ぽくていい」なんて人気が出たりして、プロと素人の境界がぼやけてきました。こういう現象によって、プロの水準が下がってしまうのではないかという心配があります。

(104)は、ゴルフや野球のプロ選手、パチンコやマージャンのプロのことを思い浮かべて作った句です。私たちが、そういう道楽に陥ると、結構金と暇がかかります。しかし、そういう道楽を職業として食っているプロがいるんですね。しかも花形のプロともなると、サラリーマンの何倍ものお金を稼ぎます。

(105)は、一時バーのママかなんかしていた女性が家庭におさまり、何食わぬ顔をしていたものの、夫の客にお酌をする機会に、つい過去の癖がでてしまい、巧みにすすめてしまったというストーリーです。

「スペア」

(106) 出番ないスペアタイヤに似て私

◇◇◇

(107) アッシー君スペアと知った別れ際

(108) スペアキー渡る範囲の親密度

◇◇◇

(106) では、出世から遅れた多くのサラリーマンの気持を詠みました。いつもライバルばかりが目立っていて、自分は脇役ないし補欠をやらされています。いまに見ておれと思っている間に時は過ぎ、自分は一生スペアタイヤのようだったなあと思う男は多いのではないでしょうか。

(107)では、アッシー君の怒りを詠みました。人のいいアッシー君は、誠意をもってやっていれば、彼女はいつかは自分に夢中になってくれると期待しています。しかし、ある時自分はスペアにすぎなかったと悟ることになります。その悟りが別れるチャンスです。(108)のスペアキーは、独身女性のアパートのキーというような、問題のキーではありません。ここで頭にあるのは、家族や親族が玄関や裏口のキーを持ち合う場合とか、会社の資料室などのキーをどの範囲の人が持つかといった問題を考えて作句しました。

結果は、(101)、(106)、(107)の三句入選でした。「素人」の題で一句も入選しなかったのは残念です。(103)や(104)あたりは入選するかなと思っていたのですが。

六月連盟句会

平成十四年六月二日の連盟句会には、出席者三十九名、投句者十一名の参加がありました。入選は席題五十句、宿題六十句ということになりました。

私は次のような句を提出しました。

「ぼちぼち」

◇　◇　◇

(109)　**怒ってるぼちぼち切れる怒鳴り声**

(110)　**ぼちぼちに見えて流石の老大家**

(111) 後がないぼちぼち本気逆転す

◇◇◇

(109) では、短気な人の様子を句にしました。短気な人は、まず顔の表情、そして手足の動きというように、怒っている兆候が明白に表れ、そして怒鳴り声になります。ですから、まわりの人にとっては、その表情や手足の動きから、そろそろ怒鳴るぞと分かるわけです。そういう意味では、短気な人は単純明快です。

分からないのは、ふだん大人しい人で、これを怒らすと、逆になだめるのが大変です。私は、自分では後者だと思っていますが、家に帰ると前者だという説もあります。

(110) は、老大家への敬意を詠った句で、入選を狙いまんまと入選をした、幾分不正直な句です。老大家というぐらいですので、相当高齢の芸術家の仕事ぶりを考えました。スピードはぼちぼちとゆっくりでしょうが、質の点からは最高のレベルをいっている作風で、美しい境地と言えます。

(111) では、ペースの配分が頭に浮かんだので、後半あるいは最後の頑張りを句材にしました。前半で息切れがして、ズルズルと負けてしまうことがよくあります。そうならないように、前半は幾分抑えておき、勝負どころで本気を出すようにします。そのあたりのふんばり所を五七五にしました。

「あれから」

◇　◇　◇

(112)
歯を抜いたあれから秋の霜を抱く

(113)
あれからが子離れ握る手を切られ

(114)
あれからは虚栄を捨てた田の案山子

◇　◇　◇

(112) は、自分自身の体験で、中年以降になり、数本歯を抜いた後は急に人生の終焉が見えた気になります。抜歯した時からは、心に霜を抱いたという感じです。
こんなことなら、若いときから三度三度きちんと歯磨きをし、しっかりカルシウムを摂るんでした。

(113) は、妻から聞いた話を句にしたものです。車の通りの多い道路を小学生の息子の手を握って渡っていたら、ある時その手を振り切られたそうです。
親はいつまでも子どもだと思っていても、子どもはあるとき自立し親離れするんですね。そうなれば、親の方も子離れの努力をせざるをえません。

(114) は、虚栄心をテーマにした句です。虚栄心は劣等感からくることが多いと思います。人生の登り坂までは、劣等感を隠し、世の中を渡っていかなければなりません。
しかし、老境に入ると虚栄心を捨て、劣等感にも正直になり、むしろ楽な生き方をすべきだと思います。自分を田の案山子に擬人化し、ある時からそういう心境になりたいものと希望を詠みました。

「裏」

(115) **裏街道道渡る野性をふと思う**

(116) **投げやりな態度の裏のねばり腰**

(117) **ふがいなく声裏返える晴舞台**

◇◇◇

(115)では、人の生き方を考えてみました。職業柄、自分は清く正しく生きなければと思い、ビクビクと生きているように思います。一方、友人知人の中には清濁併せ飲むという感じで、豪快に生きている人もいます。そういう人を見ると、私の中の獣の部分が疼くことがあります。「ふと」はそういう感じで使用しました。
(116) では、ねばり腰をテーマにしました。表面的には投げやりな態度をとる人がいて、ああこの人はアッサリしているなと思うと、案外そうではなくて、二枚腰三枚腰が用意されていることがあります。慎重そうな外見の人の方が、アッサリしていることすらありますねえ。
(117) では、裏返える声をテーマにしました。自分では落ち着いているつもりですが、実は内心随分緊張していて、肝心な場面で声が裏返ってしまい、恥ずかしい思いをすることがあります。

◇　◇　◇

「形」

(118) **形だけくださいという出させ方**

(119) 青虫の影形なく蝶の舞

(120) 形勢の判明を待つ嗄れた喉

◇◇◇

(118)では、世なれた幹事や世話役のテクニックをテーマにしました。寄付や募金などを集めるとき、「形だけでもいいから協力していただけませんか」とまずもちかけます。そう言われると、こちらも「絶対ダメ」とも言えなくて、少しは出そうかという気になります。そこで、どれだけ出すかになり、またうまく乗せられることになります。

(119)は、優雅な蝶の舞を句材にしました。その蝶が、前身を語れば青虫であったとは想像もつきません。「影も形もなく」見事に変身した姿に感嘆させられます。人間のうちでは、女性の方が変身が上手と言えないでしょうか。男性も劣らず変身したいものです。

(120)は、選挙戦の一シーンです。投票が終り、開票が始まりました。この瞬間の候補者の心境は推してあまりあります。それこそ神仏に祈る気持でしょう。形勢の判明を待つ候補者のやるせなさを思い、この句ができました。

「怪我」

◇　◇　◇

(121)子の怪我が夢でよかった朝ぼらけ

(122)悪餓鬼に昔の怪我を見せ凄み

(123)怪我多い選手の母の胸の内

◇　◇　◇

(121)は、私の実体験です。子どもが大怪我をしてしまい、自分がオロオロしている場面を何度か夢に見たことがあります。ハッと目を覚まして、夢かと知り本当にホッとし、「夢でよかった」と胸をなでおろしました。実際の夢は、困ったことや恐ろしいこと等を見ることが多いのに、言葉としての夢は希望を示すという「くい違い」は、どこから来ているのでしょう。

(122)は、コーチや監督の行為を想像して作った句です。誰しも一寸した怪我や傷を負った経験があります。コーチや監督は、ワルガキどもににらみを利かすために、自分の昔の怪我の跡など見せるのではないかと思われます。それが、自分の卑怯な態度に原因するものであったとしても（それは言わないで）。

(123)は、スポーツ選手の母親の心境を推測した句です。スポーツは、いくら紳士的なものでも格闘技的要素があり、怪我はつきものです。親として子が怪我をすることほど辛いものはなく、怪我の多い選手の母親の胸の内は、涙でいっぱいではないでしょうか。

結果は、(110)、(114)、(120)、(121)の四句入選でした。「裏」で入選しなかったのは残念でした。しかし、(121)句の披講の時、参加者から「オー」という声と拍手を受けたのが、当日の成果でした。

この日、徳島番傘の会長F氏は私が川柳をやめてしまうことを随分心配してくださっていて、「やめないように神仏に祈っている」とまで言って頂きました。有難いことです。今後はあまり入選数にこだわらないようにして、少数でもいいから佳句を作るよう心がけたいと思ったことでした。

F氏のこのお言葉から、私が川柳を止めたがっているととらないで下さい。F氏は、川柳の隆盛のために、私のような将来有望な川柳愛好家（と自分で言うあたりが私の変なところなんですが）が一寸した不調で川柳をやめてしまうことを恐れておいでなのであって、私自身はせっかく見つけた楽しみを捨てる気は毛頭ありません。

六月徳番句会

平成十四年六月九日徳島番傘（徳番）六月句会に出席しました。以前に投句者として参加したことはありますが、出席はこの日が最初です。出席者二十五名、投句者十五名の参加でした。席題は「鮮やか」で、私は次の三句を提出しました。

◇◇◇

(124) **新緑の目に鮮やかに山燃える**

(125) **鮮やかな一本巨体宙に舞う**

(126) **鮮やかな墨の濃淡日本の美**

◇　◇　◇

(124)では、私の最も好きな季節をとり上げました。五月の若葉の生命力が好きです。山全体が若葉の新緑であれば、それは燃える生命力となるでしょう。

(125)は、柔道の句です。実は、高校生の頃柔道部に入っていて、初段を持ち、つまり黒帯をしめることができます。その頃は、「ユーコウ」や「コーカ」はなく、「技あり」と「一本」だけでした。一本を決めた時には爽快感があります。

(126)では、墨絵を句材にしました。黒という一色で自然を見事に描く、無限の可能性に常々感嘆していましたので、この句を作りました。

結果は全部没でした。(125)などは入選するかと思っていたのですが残念です。選者が女性で、しかもかなり高齢の人なので柔道のことに関心がないのかもしれません。

◇　◇　◇

宿題「面倒」では、次の三句を提出しました。

(127) **面倒に巻き込まれそう顔を伏せ**

(128) **有名人の面倒みたという自慢**

(129) **面倒を買ってもよいと登り坂**

◇◇◇

(127)は、面倒な議題が出たときの会議を描写した句です。面倒なことがふりかかってこないようにと、皆黙って下を向いてしまいます。
私は会議のあの沈黙に耐えられなくて、詰らんことを言ってしまうタイプで、そうやって雑用を背負い込むことがあります。
(128)では、世間でときどき聞く自慢話を句材にしました。有名人がまだ無名でお金に困っていた頃、俺はよく面倒みてやったものだという自慢です。えっ、あなたはそんな話聞いたことがない？　あなたのまわりにはホラ吹きはいないんですねえ。
(129)は、人生の登り坂の威勢のよさをテーマにしました。人はたいてい面倒は避けて通りたいものです。しかし、一つだけ例外があって、何でも思い通りにいく感じの登り坂の時には、面倒でも買って出てやろうという気になります。

結果は、これも全部没でした。どうも、この徳番句会は私と相性が悪いのかもしれません（お前に力がないからじゃ、アホ）。

宿題「幻」では、次の三句を提出しました。

◇◇◇

(130)　**幻を追い夢もみた若かった**

(131)　**幻の白い鯨を追って海**

(132) 幻は童の夏の虹の橋

◇　◇　◇

(130) は、悩みも多かったけど希望もあった若い日のことを詠んだ句です。考えてみれば、随分幻も追うたような気もします。最近は何だか、諦感ばかりが強く、夢見ることが少なくなりました。

(131) は、アメリカ文学の『モービー・ディック』をとりあげ、文学的教養をひけらかした句です。

(132) は、遠い童の日を思い出しながら作句したものです。結局は「虹」としましたが、最初は、そこでよく泳いだ「川の砂」としていました。しかし、砂は幻と結びつきにくいと考え変更してしまいました。

結果は、メルヴィル『白鯨』を念頭に置いて作句した (131) が入選しました。

宿題「ブーム」では次の三句を提出しました。

◇◇◇

(133) **ブームには乗らないヘソが曲がってる**

(134) **津軽三味ブーム遥かなごぜの芸**

(135) **ブーム去り浅き夢見しツケが来る**

◇◇◇

(133) は、自分の性向です。私はブームになると、むしろそれを避けたい気持になります。皆がやることはやりたくないと考えるのは、きっとヘソが曲がっているからでしょう。したがって、私の方がブームの先を行くことになります。そして、ブームが来ると、それをやめてしまいます。

(134)では、津軽三味線ブームをとりあげました。実は、私は津軽三味線の長い間のファンで、あの音を聞くと、津軽の平野を吹き渡る地吹雪が想われて魂が震えます。

最近、津軽三味線がブームになり、若者の間で大人気だそうです。しかし、津軽三味線は元来盲目の女旅芸人ごぜの飯の種からきています。

(135)では、土地ブームや株ブームをとりあげました。これだけは私は先取りしませんでしたので、被害もまったくありませんでした。

しかし、多くの人がブームに浮かされて土地や株を購入し、ブーム後それが不良債権化し、今日の不況を招いていると言ってもいいのではないでしょうか。

結果は(133)と(135)が入選ということで、(131)を加え本句会ではかろうじて三句入選しました。有益だったのは、隣席のI氏(徳島県川柳作家連盟会長)と、選の間の時間にいろいろ話をし、川柳についての貴重な情報を得たことでした。I氏の話ですと、選者によっては、初心者も入選するように、できるだけ多くの参加者の句を選ぶようにする人もいるそうで、そういう心遣いをしているんだなあと認識を新たにしました。

六月かもめ句会

平成十四年六月十五日に六月かもめ句会に出席しました。出席者二十八名、投句者八名で、入選は四十五句でした。

席題「走る」で、私は次の三句を提出しました。

◇◇◇

(136) ペダルふみ五月若葉の風になる

(137) 突っ走る猛虎を巨竜攻めあぐね

(138) 運動会血は争えず子らもビリ

◇　◇　◇

(136)は、若葉の季節のサイクリングの爽快感を詠んだものです。

(137)は、好調の阪神タイガースをテーマにし、この句は入選かなと思っていました。没になったのは、多分同想句が多かったせいかと思われます。

(138)は、以前に作っていた句です。鈍足の私は子どもの頃運動会が大嫌いでした。何度走ってもビリですから、運動会の日がドシャ降りになればいいのにとさえ願っていました。歳月がたち、小学校に入った子どもたちの運動会に行ってみると、子どもたちもビリを走っています。血は争えないなあと思いました。

◇　◇　◇

宿題「胸」では、次の三句を提出しました。

(139) 胸襟を開く似ている肌合いに

(140) よく言ってくれた勇気に胸がすき

(141) いい話胸の熱さへうるむ文字

◇◇◇

(139) では、われわれは人づきあいする時、何となく自分と似ている肌合いの人間に胸襟を開く傾向があることを句にしました。いい人らしいのだけど、自分とは全然タイプの違う人には、何となく一線を引いてしまいます。

(140) では、自分には言いにくくて遠慮していることを、誰かがズバリと言ってくれると、胸のすく思いがするのを句にしました。これは、新聞の記事やテレビのコメント等にも該当します。そんな時、よくぞ言って（書いて）くれた、とその勇気に拍手を送りたい気がします。

(141)は、いい話に触れた時の描写です。自分を投げうって世の為に尽くした話などを聞く（読む）と、胸が熱くなり目がうるんできます。

新聞を読んでいて、いい話に出会い、文字がうるんでくることがありました。

宿題「解散」では、次の三句を提出しました。

◇　◇　◇

(142)解散後二次会で聞く裏事情

(143)解散の後で本音を吐く小心

(144)グループは解散売れる歌手消える歌手

◇　◇　◇

(142)は、複雑な裏事情をテーマにしました。正式の会議では、形式通りの手続きで物事が説明され決定されます。しかし、表面の皮を一枚はぐと、その裏にはいろいろ伏線が張られています。そうした裏事情は、解散後の二次会にならないと知らされないものです。(143)でも、同様に本音とたて前の差をとりあげました。正式の場では、たて前が大手を振って通るので、小心な人間は、そんな所で個人的な本音など言えたものではありません。本音が言えるのは、解散後親しい仲間同士で話し合う時でしょう。(144)は、芸能界の厳しさをテーマにしました。例えば、歌の人気グループがどういう訳か解散になります。そして、メンバーはそれぞれ一人立ちしてソロ歌手になるのですが、ある歌手は人気を保って売れ続けますし、別の歌手はいつの間にか消えています。

◇　◇　◇

宿題「評判」では、次の三句を提出しました。

(145) **評判を落とさぬための自主規制**

(146) **評判が下がり始めて矢を受ける**

(147) **評判が上ったときが時が売るチャンス**

◇◇◇

(145)は、人気や評判を落とさないための工夫がきっと有るはずと考えて作った句です。評判をいいことにして拡大しすぎたり、レベルを下げたりすると、事業の失敗や品質の低下を招くに相違ありません。評判を維持するためには、厳しい自主規制が必要だと思われます。

(146)は、泣き面に蜂の句です。悪いことは重なるもので、いったん評判が落ち始めると、次の批判が生じます。

(147)は、賢い女性歌手がいつ結婚したかを考えてみて作った句です。山口百恵も西田佐知子も人気絶頂の時にアッサリ歌手をやめて結婚し、しっかり平和な家庭を作っています。愚かな歌手は、評判・人気が下がってから結婚し、あまりいい家庭を作っていません。

結果は、(138)、(140)、(144)、(147)の四句入選でした。

柳誌への投句

平成十四年五月から私は三つの句会に参加するようになりました。連盟句会、徳番句会、かもめ句会です。それらの句会に参加し、自分の句のうちどれが入選するかを知り、また他の人の作による入選句を鑑賞することで、佳句の条件のようなものを学習することができました。

しかし、何度も書きましたが、自分では巧くできたと思う句が入選しないことが度々ありました。できることなら、選者にその理由を聞きたいと思うことがしょっちゅうでした。挙句には、入選句の中に、自分の句よりレベルが下のものが入っているじゃあないかと考える有様です。

この不満を解消する方法がありました。それは、再度その句に審査のチャンスを与えることです。そのチャンスとは、柳誌への投句です。

私は、『川柳阿波』（六月号）へ投句をするようになりました。次の八句がそれです。

◇◇◇

(149) ライバルがもしもこけたら喜んで

(150) グループの旅を待たせるスケッチ魔

(151) 子に白髪抜かせた頃はまだ余裕

(152) 酔眼は危険な魅力に逆らわず

(153) デモの眼に盾は権力棒は刑

(154) 鈍感と言われたくない先走り

(155) 語尾上げを嫌い若さを諦める

(156)　**友情の言葉と言われ逆らえず**

◇◇◇

結果は(150)、(151)、(154)、(155)が入選し、『川柳阿波』の眉山抄に掲載されました。このうち(150)と(151)は、以前の句会や「相合傘」で入選しなかった句です。実はそれらは悪くはないのだと分かって安心しました。

また、(149)と(152)も別の句会で投句したものですが、今回の選からももれたので、やっぱりよくなかったんだなと納得できました。

『川柳阿波』七月号へは次の八句を投句しました。

◇◇◇

(157) 愛しさは叱られ泣いて抱きつく子

(158) 愛しさはよちよち歩く小さい靴

(159) 愛しさはひとりで帰る園児服

(160) 愛しさは怪我縫う糸に耐えてる子

(161) 厄介になります課長が来い来いと

(162) あれからが子離れ握る手を切られ

(163) ふがいなく声裏返える晴舞台

(164) 忘られぬ言葉を胸の奥に溜め

◇　◇　◇

結果は、(160)、(162)、(163)、(164)の四句が入選しました。

入選句等

ここまで、私が通信教育で作った句や句会に参加して投句したものなどをすべて紹介してきました。その中には、入門体験ということで、失敗作や駄句ももらさず記すようにしました。そうすることで、これから川柳を始めようと考えている人に親近感を持っていただき、あるいは、作句にあたっての反面教師としての参考になるかと思ったからです。ここでは、その中でこれまでに入選や選定という一応の評価を受けた句をまとめておきたいと思います。大部分は繰り返しになりますが、容赦ください。

◇◇◇

びっくりしたように百点ほめてやる

（一月I氏により選定される）

遠い日のちぎりを果たす共白髪
（二月相合傘入選）

世のニーズ測り売り出すタイミング
（三月かもめ句会入選）

勝負師の退きどきはかる鮮やかさ
（三月かもめ句会入選）

多感さを維持し詩人は世をすねる
（三月かもめ句会入選）

万年青年多感な前髪かき上げる
（三月かもめ句会入選）

厚化粧仮面の裏の泣きぼくろ
（三月かもめ句会入選）

信用がいのちと守る古のれん
（三月かもめ句会入選）

日曜の朝ぜいたくな風呂の泡
（通信教育により認定）

雨もりへ日曜大工のぞくだけ
（通信教育により認定）

日曜日子にサービスの肩こり
（通信教育により認定）

睡蓮が画布に浮かんでモネの夢
（通信教育により認定）

挫折した子に笑われてホッとする
（通信教育により認定）

赤ちょうちん今夜も同じグチを聞く
（通信教育により認定）

赤貧は小説でよし中流派
（通信教育により認定）

一瞬が勝負を決める息を詰め
（通信教育により認定）

ひたすらに母を信じる子の瞳
（通信教育により認定）

ダイヤより輝くために怪しまれ
（通信教育により認定）

夕暮れの島に渡しの灯が届く
（どんぐり川柳大会入選）

フグ料理危険と美味のハーモニー
（四月連盟句会入選）

ぜいたくは朝の風呂から湯が溢れ
（四月連盟句会入選）

一流は自分はまだまだですと言う
（四月連盟句会入選）

贈られた自伝重ねて枕とし
（四月連盟句会入選）

ひと花を咲かすつもりがみそをつけ
（三月相合傘入選）

ＩＴ化進み鉛筆先細り
（四月かもめ句会入選）

この辺で折れておこうか明日がある
（四月かもめ句会入選）

きっとある見えぬ仏の優しい手
（四月かもめ句会入選）

優しいね痛いとこには触れないね
（四月かもめ句会入選）

四面楚歌それでも地球回ってる
（四月かもめ句会入選）

外野だけ騒ぎ二人を貝にする
（五月連盟句会入選）

グループが降りて乗客背伸びする
（五月連盟句会入選）

生命の原点ゆえか海が好き
（五月連盟句会入選）

原点に戻り窮地を切り抜ける
（五月連盟句会入選）

苦心して生徒の興味掘り起こす
（五月連盟句会入選）

興味あって就いた職場は鬼の群
（五月連盟句会入選）

南北を分かつ国境愛を裂く
（徳島新聞掲載）

とっくりはおんなじ愚痴にあきごろ寝
（四月相合傘入選）

厄介を押しつけにくる低姿勢
（五月かもめ句会入選）

親に内緒巣立つ娘の他人めく
（五月かもめ句会入選）

よしこのを奏でる三味も阿波の色
（五月かもめ句会入選）

土壇場で受けた誠の嬉しさに
（五月かもめ句会入選）

プロポーズ誠実という顔で押し
（五月かもめ句会入選）

掌の上に私の自由圏
（五月徳番句会入選）

出番ないスペアタイヤに似て私
（五月徳番句会入選）

アッシー君スペアと知った別れ際
（五月徳番句会入選）

本当のことを聞けずに帰る靴
（産経柳壇掲載）

ぼちぼちに見えて流石の老大家
（六月連盟句会入選）

あれからは虚栄を捨てた田の案山子
（六月連盟句会入選）

形勢の判明を待つ嗄れた喉
（六月連盟句会入選）

子の怪我が夢でよかった朝ぼらけ
（六月連盟句会入選）

グループの旅を待たせるスケッチ魔
（六月眉山抄入選）

子に白髪抜かせた頃はまだ余裕
（六月眉山抄入選）

鈍感と言われたくない先走り
（六月眉山抄入選）

語尾上げを嫌い若さを諦める
（六月眉山抄入選）

長電話むげにもできず風邪をひき
（産経柳壇掲載）

幻の白い鯨を追って海
（六月徳番句会入選）

ブームには乗らないヘソが曲がってる
（六月徳番句会入選）

ブーム去り浅き夢見しツケが来る
（六月徳番句会入選）

悲喜劇は生まれながらに貧富の差
（川柳マガジン六月号入選）

バラ色の戸建てはローン五十年
（川柳マガジン六月号入選）

吾を越せ越されたくない自己矛盾
（産経川柳六月三十日）

あれからが子離れ握る手を切られ
（眉山抄七月入選）

ふがいなく声裏返る晴舞台
（眉山抄七月入選）

忘られぬ言葉を胸の奥に留め
（眉山抄七月入選）

愛しさは怪我縫う糸に耐えてる子
（眉山抄七月入選）

修羅の跡見せずおっとり京老舗
（七月連盟句会入選）

プロポーズ燃えて強気の押しで勝ち
（七月連盟句会入選）
弱点を衝いて強気の寄附依頼
（七月連盟句会入選）
一筋の光にすがり隔離棟
（七月連盟句会入選）
木の芽どき目覚めて初夏へ伸びをする
（七月連盟句会入選）

◇　◇　◇

川柳讃歌

本書をしめくくるにあたり、川柳のメリットについてお話ししたいと思います。

(1) 生き甲斐になる

川柳を作ると、それを持って句会に出席したり、それを新聞、雑誌、柳誌に投句するわけですが、自分の句がどういう評価を受けるのか不安と期待でワクワクします。句会の日や新聞、雑誌等の発表日あるいは発売日が待ち遠しいものです。こんなに明日が待ち遠しいなんて、ずっと昔の子どもの頃以来のような気がします。

自分の句が評価されて入選すると嬉しいもので、将来に向けてもっともっと精進しようという気になります。このように、川柳作りは私にとって新しい生き甲斐になりました。

趣味としてのスポーツや楽器演奏は、それを楽しむためには、当人が元気であることが条件ですが、川柳の場合、極端な話、寝たきりになってもできます。その点、老後もずっとできる息の長い趣味と言えます。

(2) 交流と出会いがある

川柳をすることにより柳友が得られます。年齢や性別や肩書きを超えて、同好の仲間として親しくつき合うことができます。趣味の仲間ですから、損得勘定なしで清々しい交流ができます。

また、地域を越えての思わぬ出会いもあります。この歳になって、このような新しい知己ができるとは思ってもいなかったことなので、これは嬉しい驚きです。

柳友は、川柳をやるだけあってユーモアに富み、明るく、また文学的であり、おだやかで、世間一般の中では上質の人が多い感じがします。

(3) 人生を考える、世間を見る目が持てる

川柳を作るには、ボーとしていてはなりません。正直言って、これはぼけてはいられないなと思います。自分の物の考え方や社会の出来事の捉え方が直接川柳に反映します。そこで、作句することにより、人生を考えることになります。多分、充実した人生を生きた人には佳句ができると思われます。

社会で起こる様々な出来事について、いつも好奇心をもって対応する必要があります。どう対応するかが、佳句になるか駄句になるかの分かれ目と言えるでしょう。

生きる充実感を川柳は提供してくれます。あらゆることが川柳に生きてきます。読書、旅行、仕事、家族、趣味（特に俳句や短歌）などなどが佳句の源になります。そう考えると、じっとしていられなくなり、遅まきながら今から充実した人生を生きようという気持になります。

(4) 創造によって後世に残る

もし秀句ができれば、それは文芸作品として歴史に残ります。人間の最大の喜びは創造であると言われますが、言葉を使った自分の創造作品が後の世に残るかもしれないなんて、何と素晴らしいことじゃあありませんか。子や孫がいつまでも自分の作品を覚えてくれて、それを口ずさむ様子を想像してみてください。

俳句、短歌、小説等だってそれと同じではないかと言われれば、たしかにそうなんですが、川柳の持つ独特のほのぼのとした明るい雰囲気が、子や孫によって好感をもって迎えられやすいような気がします。

川柳の世界にようやく少し足を踏み入れた状況にある私が今の段階で持つことのできる予感、期待を述べてみました。何とか永らえて、これから十年後二十年後もっと素晴らしい川柳のメリットが述べられるよう輝かしい柳歴を積みたいものと切に希望します。

あなたも是非、この素晴らしい川柳の世界に足を踏み入れてみませんか。

著者紹介

太田垣正義（おおたがき　まさよし）

1943年5月11日　鳥取県生まれ
鳴門教育大学教授（英語学・英語教育学）
現住所〒771-0212　徳島県板野郡松茂ニュータウン33

2002年2月　　小松島かもめ句会入会
2002年4月　　徳島番傘川柳会入会
2002年5月　　番傘友の会入会
2002年6月　　『番傘』誌友近詠に初めて投句

川柳しよう　（検印廃止）

2003年6月20日　初版発行

著　　者	太田垣正義
発行者	安居洋一
印刷・製本	モリモト印刷

〒160-0002　東京都新宿区坂町26
発行所　開文社出版株式会社
電話 03-3358-6288　振替 00160-0-52864

ISBN 4-87571-866-7　C0092